TRAFIC en FINISTÈRE

Aux Éditions Alain Bargain

Dans la collection
ENQUÊTES ET SUSPENSE :

Séverine Le Corre-Mongin
- Drame en Morbihan

Solenn Colléter
- Lettres de sang sur la Côte Sauvage

Jean-Louis Kerguillec
- Carantec à corps perdu
- Enlèvement en Baie de Morlaix *(épuisé)*
- Mauvaise passe sur l'île Callot
- Les Amours Noires du Léon
- Le disparu du Taureau
- Frai*zh* Connection
- Le Crapaud de l'île de Batz

Jacques Minier
- Traque mafieuse à Saint-Malo
- Double peine à Rennes

Pierre Engélibert
- L'Ours du Finistère

Philippe-Michel Dillies
- Meurtres à Monnaie *(épuisé)*
- Chasse à Tours *(épuisé)*
- Train d'enfer pour St-Pierre-des-Corps *(épuisé)*
- Les roses noires de Chartres
- Du raisiné à Vouvray
- Partie truquée à Descartes
- Embrouille à Amboise *(épuisé)*
- L'écheveau de Blois
- Anicroches à Loches
- Murmures en Saumur
- Les plumes noires de St-Cyr-sur-Loire
- Clash à Tours

Jean-Jacques Égron
- Marais mouvant dans le Golfe
- Tracto Breizh
- Embruns toxiques sur Lorient
- Les Privés du Croisic
- Vannes à l'encre rouge

Vincent Cabioch
- 5 Diables Verts à Huelgoat

Patrick Bent
- Erquy profite le crime *(épuisé)*
- Le macchabée du Val-André *(épuisé)*
- Saint-Cast priez pour eux ! *(épuisé)*
- Hécatombe à Saint-Malo
- Nuit noire à Dinard *(épuisé)*
- Algues fatales à Erquy *(épuisé)*
- Rock'n'Roll à Lamballe
- Pluie de fiel sur Fréhel
- Arnaque à Erquy

Alain Couprie
- Ça chauffe à Roscoff *(épuisé)*
- Pas d'oignons pour le Léon
- La Mutilée de Saint-Renan
- Drague folle à Lannion

Gérard Croguennec
- Voile épais au Conquet
- Brest, Abri 668
- Morlaix en eaux profondes
- La martyre du Conquet

Christophe Chaplais
- Pâté de Corbeau aux amandes amères *(épuisé)*
- Le calisson jusqu'à la lie
- Farz aux herbes de Portsall
- Addition salée au Croisic
- Salade russe aux noix de Grenoble *(épuisé)*
- Fourchette mortelle à Chinon *(épuisé)*
- Soupe de Crabes à Brest
- La face cachée des Étoiles *(épuisé)*
- Mélodie gourmande à Guérande

Jean-Pierre Farines
- Brume sur la Presqu'île
- La route de Rocamadour
- Le Phénix est mort à Camaret
- Cercueil vide en Mer d'Iroise

Aux Éditions Alain Bargain

Dans la collection
ENQUÊTES ET SUSPENSE :

Stéphane Jaffrézic
- Chili-Concarneau
- Ville bleue et beaux dégâts
- Disparitions en Pays Fouesnantais
- Tri Yann Tro Breizh
- Vengeances croisées à Nantes
- Escale forcée à Brest
- Dolmens sanglants en Bigoudénie
- Escapade à Landerneau *(épuisé)*
- Le mauvais fils de Guidel
- Murder party à Quimper
- Rendez-vous raté à Quimperlé
- La Korrigane de Concarneau
- Coup de chaud à Bénodet
- Trafic en Finistère

Michèle Corfdir
- Le Crabe
- Mortel Hiver sur le Trieux *(épuisé)*
- Chasse à corps à Bréhat
- Larmes de fond *(épuisé)*
- Vent contraire à Loguivy-de-la-Mer
- Herbes amères à Belle-Isle-en-Terre *(épuisé)*
- Il court, il court, le furet des Abers *(épuisé)*
- Fest-Noz sur le Nil
- Eau dormante en Trégor *(épuisé)*
- Nuits assassines à Paimpol
- Crime à l'Armoricaine *(épuisé)*
- Vendredi noir sur l'Arcouest
- Sueurs froides sur le Goëlo
- Baignade clandestine à Bonaparte
- La route s'arrête à Loguivy-de-la-Mer

Gisèle Guillo
- Dernier rendez-vous à Vannes
- Du Léman au Morbihan *(épuisé)*
- Tempête à Quiberon
- La Belle de Carnac *(épuisé)*
- Le Saigneur de Quimper
- Vol de pigeons à Arradon *(épuisé)*
- Cash-cash au Crouesty *(épuisé)*
- Le Diable noir de Saint-Cado
- Clair-obscur à l'Île-aux-Moines *(épuisé)*
- Port-Louis, les ombres de la citadelle
- La Maison au bord du Golfe
- Les Amants Terribles de La Trinité
- Étel coupable ?
- Danger à Saint-Goustan

Bernard Larhant
- Quimper sur le gril
- Douarnenez, piège à Mouettes
- Les Galets de Tréguennec
- Les bas-fonds de Quimper
- Pas de pardon à Locronan
- Un pavé dans La Loire
- Psychose sur Bénodet
- Sang d'encre au Mans
- La Torche entre deux eaux
- Du Pastis dans l'Odet
- Les Ombres du Rennes-Quimper
- La Madone du Faouët
- Effet domino à Concarneau
- Le Môme de Fouesnant
- Hors la loi à Groix
- Omerta Bigoudène
- Alliance explosive à Audierne
- Jeux pervers à Quimper
- Chasse à l'homme au Ménez-Hom
- Dans les frissons de Nantes

Martine Le Pensec
- Onde de choc sur Fermanville
- Angoisse sur Penmarc'h *(épuisé)*
- Lumière noire sur la Penfeld
- Printemps funeste à Brest
- 13e lune à Concarneau *(épuisé)*
- 32 octobre à Roscoff *(épuisé)*
- Terminus à Lannilis *(épuisé)*
- L'Enfer de Plogoff
- Alerte rouge à Brest *(épuisé)*
- Bad Trip à Lorient
- Le Cobra de Brest
- Le Mouton noir de Roscoff
- Sang pour sang à Recouvrance
- Amnésie sur Quimper
- Chat noir à Brest
- Bain acide à Douarnenez

Marie Vaillant
- Chantage Bigouden
- Les corps mourants de Plozévet *(épuisé)*
- Vague blanche au Pouldu
- Malaise sur la côte lorientaise
- Vie de château à Pont-L'Abbé
- Locronan a la gueule de bois

Aux Éditions Alain Bargain

Dans la collection
ENQUÊTES ET SUSPENSE :

Serge Le Gall
- La secte de l'Aven *(épuisé)*
- Sables mouvants à Bénodet *(épuisé)*
- La Douarneniste et le Commissaire *(épuisé)*
- Corps-mort à l'Île-de-Batz *(épuisé)*
- Traque noire à Audierne *(épuisé)*
- Fugue mortelle en RÉ *(épuisé)*
- Le moine rouge de Carantec *(épuisé)*
- La Sirène de Port Haliguen *(épuisé)*
- Coup fourré dans les Monts d'Arrée
- Vagues à lames à Noirmoutier *(épuisé)*
- Dépression sur les Glénan
- Belle-Île "Amère" *(épuisé)*
- Calvaire à Plougastel-Daoulas *(épuisé)*
- Course-poursuite sur l'Aven *(épuisé)*
- Cible ultime dans les Montagnes Noires
- Rouge baiser de Crozon *(épuisé)*
- Sac de nœuds à Trévignon
- Retour coupable à Pont-l'Abbé *(épuisé)*
- Quiberon Enrage *(épuisé)*
- Secrets salés à Fouesnant
- Fausses notes à Larmor-Plage
- Jeux de drames à Douarnenez
- Nature morte à Pont-Aven
- Châtiment à Port-Launay
- La belle endormie de Port-Manech
- Matin blême à Rosporden
- Coup de balai à Carnac
- Mortes-eaux à Riantec

Simone Ansquer
- Téviec, le Secret *(épuisé)*
- Aux tours de La Rochelle
- Grain de sable à Saint-Pierre-Quiberon
- Le mystère de la Cathédrale de Vannes *(épuisé)*
- Carnac, les menhirs disparus
- Bons baisers de l'île de Houat
- Nuit d'Enfer à Quiberon
- Belle-Île ne répond pas

Élisabeth Mignon
- Fontaines mortelles à Quimper
- Jardins funèbres en Cornouaille
- Déferlantes au Guilvinec
- Cadavres exquis à Châteaulin

Catherine Schubert
- Odeur de sang à Penvénan
- Le vilain de la Vilaine

Rémi Devallière
- L'esprit d'Hoëdic
- Calculs sévères à Saint-Nazaire
- Sacré bidule à Pornichet
- "Pari" au mois d'août
- Piriac et son caillou mystérieux
- Vol 744 pour Le Pouliguen

Michel Courat
- Ça meurt sec à Locquirec
- Marée rouge à Plestin-Les-Grèves
- Coup de grisou à Pleumeur-Bodou *(épuisé)*
- Mort en vrac à Morlaix
- Sauvage farandole à Paimpol *(épuisé)*
- Mise à mort en Bretagne nord *(épuisé)*
- Masques de Terreur à Lanmeur
- Été meurtrier à Tréguier
- Le raisin coule à Lesneven
- Le Diable s'invite à Locquirec
- Morts à gogo à Plouguerneau
- Morlaix, TERminus !
- Les dessous de Plougasnou
- Granite écarlate
- Dernier tango à Plouescat

Jean-Michel Arnaud
- Cavale à Brest
- Blues en Rafale à Landivisiau
- Le bagad bombarde à Quimper
- Loto létal dans le Léon
- Fresque de sang sur le Ponant
- Lettres mortes à Lannilis
- Lame scélérate à Morgat
- À bout de souffle à Landerneau

Bernard Enjolras
- Îlot mortel à Trégastel
- 3 petits singes en Côtes-d'Armor
- Mauvais sorts dans Le Trégor
- Micmac à Ploumanac'h
- Sale temps sur Penvénan
- Jeu d'échecs à Perros-Guirec
- Guêpier à Tréguier
- Jackpot dans le Léon
- Requiem à Paimpol
- Escale à Cancale
- L'inconnue de Saint-Thégonnec
- Code assassin à Trébeurden

Stéphane JAFFRÉZIC

TRAFIC en FINISTÈRE

Collection

ENQUÊTES & SUSPENSE

Quadri Signe - Editions Alain Bargain
125, Vieille Route de Rosporden - 29000 Quimper
E-mail : contact@editionsalainbargain.fr
Site Internet : www.editionsalainbargain.fr
Facebook : https://www.facebook.com/editionsalainbargain

Aux Éditions Alain Bargain

® *Dans la collection* ***POL'ART :***

Serge Le Gall
- Sombre dessein à Pont-Aven
- Meurtres du côté de chez Proust *(épuisé)*
- Eaux-fortes à Ste-Marine *(épuisé)*
- Ciel rouge au Pouldu *(épuisé)*

Loïc Gourvennec
- Le râle du basson *(épuisé)*

Yves Horeau
- Monsieur Butterfly *(épuisé)*

Renée Bonneau
- Nature morte à Giverny *(épuisé)*
- Séquence fatale à Dinard *(épuisé)*
- Sanguine sur la Butte *(épuisé)*

Stéphane Jaffrézic
- Toiles de fond à Concarneau
- Le Rubis de Châteauneuf-du-Faou

REMERCIEMENTS

Dominique Quéroué et Pascal Tanguy, pour leurs précieux conseils techniques.

Mes sœurs, Monique et Corinne Jaffrézic, ainsi qu'Élisabeth Mignon, pour le sérieux de leur relecture.

Toute l'équipe des Éditions Alain Bargain, pour la confiance qu'elle continue à m'accorder et la qualité de son travail.

I

La corvée des courses au supermarché est presque terminée. D'habitude, c'est Murielle qui s'y colle. Je mets parfois un semblant de bonne grâce à l'accompagner, poussant le chariot qu'elle remplit allègrement, au gré des rayons qu'elle connaît quasiment par cœur. Ce matin, dans le journal, la publicité d'un centre commercial de Quimper annonçait, pratique courante, une promotion sur des vins. Je suggérai donc à ma chère et tendre, après le boulot, de joindre l'utile à l'agréable et de la remplacer, ce qu'elle accepta, non sans moult recommandations. Il ne s'agissait pas de faire l'impasse sur nos produits habituels, dont je ne regarde jamais l'emballage, ou alors distraitement, et de choisir les dates de consommation les plus lointaines.

— Vous avez la carte de fidélité du magasin, Monsieur ?

— Oui, voici.

La caissière me rend la petite carte plastifiée après avoir passé le code-barres devant le lecteur, et pour le règlement me propose d'insérer ma carte bancaire dans l'appareil. S'il n'y a quasiment rien dans le chariot, le montant de mes achats dépasse celui que je m'étais fixé. Foutue époque, où tout augmente, sauf les salaires ou les retraites. Il n'y a pas de secret, il faut plus de temps pour les gagner que pour les dépenser. Je tape les quatre chiffres sur le clavier. En attendant que la transaction soit effectuée, je jette un œil autour de moi. Aux autres caisses, les files sont conséquentes, alors chacun prend son mal en patience. Il y a là, la clientèle que l'on retrouve dans toutes les grandes surfaces : des femmes et des hommes avec ou sans enfant, des jeunes qui font emplette de packs de bières ou de boissons plus fortement alcoolisées, des papys et des mamies pour qui cela équivaut à une sortie, et donne l'occasion de rencontrer des gens de connaissance. À deux caisses de la mienne, le comportement d'un homme attire mon attention. Certes, il n'a pas le regard fixe et sur le visage des gouttes de sueur qui perlent, comme Billy Hayes, le personnage joué par Brad Davis dans le film Midnight Express, d'Alan Parker, mais pour le flic affûté que je suis, il est quasiment clair que ce loulou n'est pas à l'aise dans ses baskets. Si le touriste américain Billy Hayes redoutait de se faire arrêter dans un aéroport turc, car il ramenait deux kilos de drogue en guise de souvenir, il est vraisemblable que celui-ci a fauché un ou plusieurs articles. Grand, baraqué comme un déménageur, le cheveu court, il frôle la quarantaine d'années. Son blouson noir, taille XXL, est refermé jusqu'au cou par une fermeture Éclair. J'oscille entre avertir la sécurité, et ne pas me mêler de ce qui ne me regarde pas. Si mon éducation – merci papa, merci maman – m'incite à le dénoncer, deux raisons font que je décide de passer outre : primo, je me trompe peut-être et ne connaissant pas le bonhomme, il serait présomptueux de me satisfaire d'une impression même si elle est tenace ; secundo, il a peut-être volé pour se nourrir ou nourrir ses gamins. Dilemme ! Défendre la veuve et l'orphelin, c'est mon job et dans ma nature, mais j'estime la grande distribution assez grande pour veiller à sa propre sécurité.

Je reprends ma carte bancaire, que je joins aux tickets de caisse et de règlement que me tend la jeune femme, et je glisse le tout dans la poche intérieure de ma veste. Je parcours quelques mètres, remarquant au passage que l'individu a déposé un seul article sur le tapis roulant, un paquet de gâteaux apéritifs. Parce qu'on ne se refait pas, et que je suis d'un naturel curieux, je marche lentement et feins de relire le ticket de caisse, comme si je voulais m'assurer que les remises ont effectivement été comptabilisées, ou qu'un article n'a pas été présenté deux fois devant le lecteur optique. Croisant un agent de sécurité qui marche rapidement, je me dis que les caméras de surveillance ont sûrement enregistré le manège du client, et qu'il va être sommé de vider ses poches. Rasséréné, je ne regrette finalement pas de ne pas être intervenu. La morale est sauve !

J'ai à peine parcouru une dizaine de mètres que des éclats de voix se font entendre. Par-dessus mon épaule, je vois le vigile en conversation avec l'individu. Alors que le premier tente de palper le blouson du second, celui-ci le repousse d'une main ferme et autoritaire. L'autre ne se laisse pas faire, et revient à la charge. Ce n'est pas du goût du costaud, qui le repousse, plus violemment cette fois. La procédure voudrait que l'agent de sécurité appelle ses collègues à la rescousse, ou qu'à l'aide de son téléphone il requiert la venue de la police, mais il n'est visiblement pas dans cette logique. N'entendant pas se laisser ridiculiser en public par son adversaire qui désormais se dirige vers la sortie, il le rattrape et l'agrippant par le bras, il l'oblige à faire volte-face. Dans un geste prompt, l'autre se retourne et lui administre un phénoménal coup de tête, dont le bruit est audible de tous. Alors que le vigile s'écroule, littéralement assommé, des cris d'effroi remplacent le silence tout relatif qui s'était instauré aux abords du ring improvisé. Prenant ses jambes à son cou, le gaillard n'a qu'une seule idée en tête : déguerpir ! Il pique un sprint vers la sortie… donc dans ma direction. Autant tout à l'heure je ne me sentais pas concerné, autant maintenant la situation a changé. Je ne peux qu'entrer en scène et pour commencer, empêcher la fuite du gaillard. Pas le temps de cogiter. C'est tellement rapide que toute réflexion est impossible. Maintenant mon chariot de deux mains fermes, au moment propice, je le positionne en travers de la route du sprinter.

L'homme comprend ma manœuvre, mais ne veut pas ralentir. Comme une boule de bowling, il avance inexorablement vers la quille qui se dresse sur son passage. Il y a deux quilles, en fait : le chariot, et moi. Physiquement, je ne fais pas le poids et je suis plus facile à contourner. C'est donc moi qu'il choisit en toute logique. Tout en courant, il modifie sa trajectoire pour esquiver le caddie, et avance une épaule pour m'envoyer bouler. Dans un réflexe, je m'efface sur le côté et tends la jambe à hauteur de ses genoux. Il se préparait à un choc dans le haut du corps. Que l'impact se produise plus bas le surprend, au point qu'il s'étale de tout son long. Emporté par son élan, il glisse sur le sol mouillé par le récent passage d'une autolaveuse, et va heurter de son front le bas de la vitrine d'un magasin de la galerie marchande. Groggy, il n'esquisse pas un geste quand deux vigiles accourus en renfort s'agenouillent et lui bloquent chacun un bras dans le dos.

Depuis son poste, à l'accueil, l'hôtesse, qui n'a rien manqué du spectacle, a déjà le téléphone à la main, et compose le numéro du commissariat.

Considérant que mon intervention est terminée, je vais pour quitter les lieux quand les vigiles insistent pour que je reste, afin de livrer mon témoignage aux policiers. Je pensais échapper à cela, mais je devrais certainement m'acquitter d'un passage au poste, à moins que cette tracasserie administrative ne soit remise à demain matin, ce qui m'arrangerait.

L'homme est traîné quelques mètres plus loin, pour ne pas gêner le flot de chariots et de clients qui se croisent, et est maintenu face contre terre. Peu à peu, il reprend ses esprits. Ruant des pieds et essayant de mouliner des épaules, il tente de se dégager de la solide emprise, mais c'est peine perdue sous la poigne des vigiles.

Une voiture devait patrouiller dans le secteur, car il s'écoule moins de cinq minutes avant que trois bleus, comme on surnomme parfois les policiers en tenue, se présentent.

— Salut, Maxime. C'est toi qui l'as alpagué ? demande le premier en me serrant la main, car nous ne nous sommes pas vus de la journée.

— Non, ces messieurs étaient bien assez grands pour le faire sans moi. C'est vraiment utile que je reste pour le PV ?

— Ça dépend de ton rôle dans cette histoire. À toi de voir !

— Bon, je range mes courses dans la voiture et je vous rejoins. À tout à l'heure.

Alors que je m'éloigne, je vois l'un des policiers ouvrir la fermeture Éclair du blouson du voleur, et mettre à jour une bouteille de whisky, qui par miracle ne s'est pas cassée lors de la chute, et d'autres petits articles comme des lames de rasoirs. Il y en a tout au plus pour une trentaine ou une quarantaine d'euros. Le jeu n'en valait pas la chandelle.

*

Ma voiture garée le long de l'Odet, jolie rivière qui traverse Quimper, capitale de la Cornouaille, en marchant d'un bon pas vers le commissariat, je croise Suzy Villard, Simon Jaouen, et Justin Débolo, mes trois collègues de l'antenne locale de la police judiciaire que je dirige.

— Eh bien, Max ! s'étonne Simon, je croyais que tu partais plus tôt parce que tu avais des trucs à faire !

— Tu viens faire des heures sup' ? questionne Justin en complément.

— Ne m'en parlez pas ! Il a fallu que je sois témoin d'un vol au supermarché pour que les collègues de la BSU* veuillent m'entendre. Ils ont chopé le gars. Le temps du PV, et je mets les bouts.

— Pas de bol, dit Suzy, une main sur son ventre qui s'arrondit au fur et à mesure que grandit le bébé qui naîtra dans plusieurs mois. Salut, Max, à demain.

— Ciao ! Bonne soirée à vous trois.

---

*Brigade de Sûreté Urbaine.

J'attends quelques minutes sur le trottoir. Enfin, gyrophare allumé, la voiture de l'équipage franchit le portail métallique commandé à distance. Je pénètre moi aussi dans la cour avant qu'il ne se referme. Le voleur est assis à l'arrière, à côté d'un policier, deux autres sont à l'avant. Menotté, il est extrait du véhicule et conduit vers les locaux. Emmené dans un bureau, il est assis sur une chaise, et c'est alors seulement qu'on lui retire les menottes.

Se massant les poignets, sans jamais regarder les policiers, il conserve la tête baissée.

— On est mal, soupire le brigadier-chef Rodolphe Lancien. Selon son passeport, il est russe, et on dirait qu'il ne comprend pas le français.

— Ou alors il fait semblant de ne pas le comprendre ! suggère Léopold Voiren tout en fouillant les poches du gardé à vue qui se déhanche pour lui compliquer la tâche. Oh, sage le Russkof, ou je t'en mets une !

— On va voir pour trouver un traducteur, reprend le premier en portant assistance à Voiren. À cette heure-ci, ça va être coton.

— Dans ce cas, ce serait bien de me recevoir en premier, dis-je. Mes courses sont dans la voiture, et j'ai des produits qu'il faudrait mettre au frigo assez rapidement.

— Pour le vin, ce n'est pas nécessaire de respecter la chaîne du froid, sourit le troisième, signe que tout à l'heure il a analysé le contenu de mon chariot. Tu peux même aller nous en chercher une bouteille, qu'on vérifie tes goûts en la matière.

— Ne déconnez pas, les gars, j'ai autre chose à faire.

— Viens, fait le brigadier-chef, on va dans le bureau d'à côté. Léo, essaie de trouver un responsable pour demander la venue d'un traducteur. À moins que Max ne s'en charge…

— Vous rigolez ! C'est votre affaire. C'est vous qui avez arrêté ce coco.

— Nom de Dieu ! s'exclame Voiren. Regardez-moi ça !

Il tient à la main une liasse conséquente de billets de banque, de vingt ou cinquante euros. Passant la liasse dans son autre main, il replonge l'autre dans le blouson.

— Il y en a une autre. Et encore une autre ! On aurait pu s'en apercevoir plus tôt, s'il n'avait pas eu son portefeuille dans la poche arrière de son pantalon.

Tandis que les deux policiers en tenue s'approchent de Voiren, j'observe le Russe. Il joue des épaules et se contorsionne pour empêcher l'examen de ses poches, mais il n'y met pas l'énergie dont il serait capable s'il avait sa liberté de mouvement, ou s'il ne se savait déjà perdu.

La situation sort de l'ordinaire, dans le sens où il a tenté de subtiliser frauduleusement des marchandises alors qu'il avait sur lui plus d'argent qu'il n'en fallait pour les acheter. On m'a déjà parlé de kleptomanes, qui ne peuvent se retenir de voler car ils le font uniquement dans le but de ressentir une montée d'adrénaline, ou de démontrer qu'ils sont plus malins que les services de sécurité. Ce qui est associé à une maladie mentale amène le kleptomane à dérober des objets de peu de valeur, l'intérêt reposant seulement sur le fait de commettre un délit, et non de s'approprier les objets. Cette considération mise à part, qu'il ait sur lui une telle somme d'argent est bien plus troublant. D'où proviennent ces billets ? Pourquoi ne les a-t-il pas déposés dans une banque, comme le ferait tout un chacun, ou pourquoi ne les a-t-il pas laissés chez lui ? Les interrogations nous assaillent tous les quatre.

— Il y a urgence à entendre ses explications, commente Rodolphe Lancien. Tu es certain, Max, de ne pas vouloir gérer la situation. Après tout, tu étais sur place avant nous…

Pendant que Léopold Voiren défait les liasses et trie les billets en fonction de leur valeur, je réfléchis. C'est vrai que c'est tentant. C'est aussi vrai que la soirée paisible qui s'annonçait va s'en voir chamboulée. Une pensée pour mes courses – en particulier les denrées périssables si elles ne sont pas mises au frais dans un bref délai – me fait hésiter… quelques secondes.

— Bon, c'est d'accord. J'appelle le parquet.

Dans le répertoire de mon téléphone portable, je

sélectionne un numéro. C'est la vice-procureure Juliette Trodat qui décroche.

— Bonjour, Madame. Ici le capitaine Maxime Moreau, de l'antenne de la PJ de Quimper. Par le plus grand des hasards, j'ai participé à l'arrestation d'un voleur dans un supermarché. L'histoire pourrait s'arrêter là, mais il a sur lui une forte somme d'argent.

— Cinq mille cinq cents euros, souffle à voix basse Voiren qui vient de les compter.

— Il y en a pour cinq mille cinq cents euros. Or, il se trouve que l'homme est d'origine russe et ne parle pas le français. Je vous appelle pour vous demander l'autorisation de faire intervenir un traducteur.

— La provenance de cet argent n'est sûrement pas claire, fait-elle d'un ton péremptoire. Je vous donne mon assentiment, Capitaine Moreau, mais auparavant il me faut plus de détails : merci de me faxer votre demande, ainsi que l'état civil du prévenu et les circonstances de son arrestation. Je vous saisis officiellement de cette affaire. Placez-le en garde à vue au motif de vol à l'étalage, et je vous adresse par fax la commission rogatoire. C'est moi qui suis de permanence, je vous prie de me tenir au courant de la teneur de l'interrogatoire. Nous verrons alors s'il y a lieu de changer le motif de la garde à vue et de nommer un juge d'instruction. À plus tard.

— Je ne vous l'ai même pas demandé, dis-je à l'attention des policiers après avoir raccroché : comment se nomme-t-il ?

— Vladimir Korovak, répond le brigadier-chef en me tendant un portefeuille en similicuir malmené par les années. Il est né à Saint-Pétersbourg, il y a quarante et un ans.

— Et ici, en France, où demeure-t-il ?

— On ne le sait pas. Il n'a pas prononcé un mot.

Je consulte les différents documents contenus dans le portefeuille, mais la plupart sont écrits en cyrillique. Sur deux d'entre eux, cependant, l'identité du Russe est lisible dans notre alphabet, un reçu de la Western Union, et une facture de téléphone portable. Ce téléphone dernier cri fait également partie des objets extraits des poches du Russe. Un élan de curiosité m'encourage à consulter le répertoire. Problème, là aussi les prénoms et noms des contacts sont écrits en cyrillique.

— Au fait, avez-vous pensé à fouiller sa voiture ?

Des mines gênées, des lèvres pendantes, des yeux grands ouverts ou fuyants vers le plafond, me font comprendre qu'il n'en est rien, ce qui jette un froid.

— Non, ne me dites pas que vous n'y avez pas pensé !

— Il est peut-être venu en bus, suggère Voiren pour tenter d'atténuer le courroux que je sens grandir en moi.

— Cette clé ouvre certainement une voiture, dis-je en m'emparant d'un trousseau, au milieu d'une petite bannette qui contient les effets retrouvés dans les poches de Korovak, à l'exception de l'argent. A R, Alpha Roméo. À défaut du modèle, on connaît au moins la marque.

Sollicitant les policiers pour qu'ils retirent la ceinture de son pantalon et les lacets de ses chaussures, précautions pour empêcher un gardé à vue d'attenter à sa vie, et mettent le gaillard en cellule en attendant la venue d'un traducteur, je récupère la bannette, et les liasses de billets, pour les enfermer dans le coffre-fort dont nous disposons, et monte à mon bureau, situé au troisième étage. Dans l'attente du jugement, dans plusieurs mois ou plus rapidement si Korovak accepte la comparution immédiate, je place l'argent dans un scellé, me disant qu'un jour il sera versé au Trésor Public. Quand il est en sécurité dans le coffre-fort, je rédige et faxe une synthèse des éléments qui ont conduit à l'interpellation du Russe. En retour, la commission rogatoire ne tarde pas. Dans l'intervalle, j'ai consulté la liste des traducteurs à qui nous faisons parfois appel, et je suis parvenu à en contacter une, qui m'a assuré qu'elle serait dans nos locaux dans le quart d'heure.

Quelques minutes plus tard, je retrouve les trois compères au rez-de-chaussée.

— En attendant l'arrivée de la traductrice, je vais chercher mes courses pour les mettre au frais, annoncé-je en pensant au réfrigérateur qu'il y a dans la salle de pause, dans lequel les policiers qui mangent sur place déposent leur repas.

— On va te laisser, Max, on repart en patrouille. À moins que tu aies besoin de notre aide ?

La proposition du brigadier-chef Rodolphe Lancien, qui je le sais, a suivi la formation d'officier de police judiciaire, et est donc habilité à enregistrer les déclarations de plaintes et autres actes administratifs, ne manque pas de me plaire.

— J'aimerais que tu reçoives l'agent de sécurité du supermarché pour enregistrer sa déposition. Ça me ferait gagner du temps. Quant à moi, je vais gérer le client. Tu es vraiment disponible ?

— Oui. D'ailleurs, je pense que le vigile ne devrait pas tarder. Il m'a dit qu'il finissait son boulot à 19 heures. Allez en promenade sans moi, fait-il alors à l'intention des deux autres policiers.

II

La Moscovite Barbara Grosko est une grande et plantureuse femme d'une cinquantaine d'années. Blonde aux cheveux longs, faisant fi de maquillage, elle a des yeux bleus d'une grande pureté, mis plus encore en valeur par son teint d'un blanc laiteux. Elle possède cet indicible charme slave, cette froideur qui, à l'opposé, réchauffe le cœur – et pas seulement le cœur – des hommes qui croisent son chemin. Les présentations faites, je l'emmène à mon bureau, où je la laisse seule le temps de descendre aux cellules chercher le voleur.

Vladimir Korovak a digéré son interpellation musclée. S'il subsiste une bosse à son front, je lis dans son regard une indéfectible détermination à ne pas se laisser manipuler, que ce soit physiquement ou verbalement. Hélas pour lui, il en faut plus pour m'intimider ou me décourager. Requérant l'assistance de personnels présents au commissariat, c'est encadré de deux solides policiers que, menotté, il est conduit au troisième étage. Une menotte est défaite, libérant une main, mais est aussitôt refermée sur un anneau fixé dans la maçonnerie. Il ne bougera que lorsque je le déciderai !

Les yeux mi-clos, il sonde la femme qui patientait,

debout, regardant par la fenêtre les toits du quartier, au-dessus desquels, de rares nuages n'en donnent que plus de valeur au ciel azur, qui dans moins d'une heure sera noir. S'en apercevant dans le reflet de la vitre, elle se retourne vers nous et opte pour l'indifférence plutôt que pour une guerre des regards perdue d'avance. Parce qu'il faut bien que ses mirettes se posent sur un point, elle les pose sur moi. Je remarque alors une petite lueur qui souligne que je suis à son goût. Si un récent sondage indique que les femmes craquent pour les bad boys, ce ne sont pas le blouson noir, les épaules de lutteur, et la bosse au front de son compatriote qui la feraient fondre ou se pâmer.

Je la prierais bien de s'asseoir, mais il est évident qu'elle ne veut pas voisiner avec le dur à cuire. En raison de l'exiguïté du bureau, il n'y a pas de point plus éloigné que celui où elle se tient. Ayant anticipé mon invitation, elle me fait comprendre d'un hochement de tête qu'elle préfère rester à l'endroit où elle se tient.

Avant de procéder à l'interrogatoire, nous devons respecter les dispositions légales :

— Madame Grosko, demandez à ce monsieur s'il souhaite que quelqu'un soit averti de sa présence dans nos locaux. Demandez-lui aussi s'il veut qu'un médecin l'examine, et s'il connaît un avocat qui assurera sa défense. Sinon, il lui en sera désigné un d'office.

À peine a-t-elle prononcé quelques syllabes qu'il l'interrompt en persiflant entre ses lèvres tout juste entrouvertes. S'il était un personnage de dessin animé, ses billes marron lanceraient des éclairs.

Levant la tête vers la femme, d'un haussement des sourcils je lui signifie de me traduire la riposte du Russe.

— Je ne répéterai pas ce qu'il a dit. C'est… c'est indécent.

— Ne vous laissez pas démonter, et surtout n'entrez pas dans son jeu en répondant de la même manière. Expliquez-lui calmement qu'il a tout à perdre à ne pas répondre.

Elle répète sa première tirade, sans qu'il ne la coupe cette fois. Quand elle a terminé, il grommelle quelques mots, qu'elle me rapporte.

— Il ne veut ni médecin, ni avocat. Et il ne connaît personne à Quimper. Je ne vous dis pas ce qu'il a ajouté, parce que, là encore, c'est trop grossier.

— Eh bien je vais requérir un avocat.

Je m'y attendais, aussi avais-je préparé la liste des avocats de permanence. Répondant dès la troisième sonnerie, Maître de La Bonchesse garantit qu'il sera rapidement parmi nous. Il ne reste plus qu'à l'attendre.

*

L'homme de loi a effectivement fait fissa pour nous rejoindre. À peine âgé de trente ans, costumé et cravaté, il lance un bonsoir à la cantonade avant de s'inquiéter de l'identité de son client :

— Comment vous appelez-vous ?

— Il se nomme Vladimir Korovak. Je réponds à sa place, puisqu'il ne semble pas parler notre langue.

— Ceci complique les choses, fait-il en se rembrunissant. Que reprochez-vous à mon client ? Quel est le motif de son inculpation ?

— Il a été pris en flagrant délit de vol dans un supermarché. Ce n'est pas réellement un délit majeur, mais ce qui nous intrigue, c'est l'importante somme d'argent qu'il avait sur lui. J'agis sous commission rogatoire, la vice-procureure Juliette Trodat désirant savoir d'où provient cet argent.

— Seulement cela ! fait-il agacé, ou simulant de l'être.

— Oui. Nous pouvons cependant raisonnablement penser que ce simple vol à l'étalage est anecdotique. Ce qui l'est moins, ce sont les cinq mille cinq cents euros en espèces qu'il détenait. Je vous présente madame Grosko. Votre client étant russe, elle est chargée de la traduction.

Se tournant vers Barbara Grosko, il n'y va pas par quatre chemins.

— Dites-lui de ne pas répondre aux questions. Et ajoutez que je le verrai au tribunal, le jour du jugement. Au revoir.

Sans attendre qu'elle s'y plie, il tourne les talons et disparaît. Trentenaire, mais déjà vieux briscard, il a tout compris du système pour se faire du fric. C'est énervant, cette attitude très courante chez les hommes de loi. En l'espace de deux minutes de présence, que l'on peut aussi calculer à environ une demi-heure entre le moment où il a déserté son étude et son retour, il vient de se mettre près de trois cent cinquante euros dans la poche. Ça fait cher la minute pour le contribuable, quand on considère qu'il arrive que les avocats ne se déplacent parfois même pas pour assister au jugement. Et tout cela pour dire quoi ? Pour conseiller au "client" de se taire. Belle défense, à défaut de plaidoirie. Et encore, la Sécurité sociale a fait l'économie d'une consultation médicale...

Après que Barbara Grosko ait expliqué à Korovak qui était le coup de vent, nous pouvons enfin entrer dans le vif du sujet.

Je le scrute quelques secondes, avant de tourner la tête vers la traductrice.

— Tout d'abord, demandez-lui d'où provient l'argent qu'il avait sur lui.

Elle a tout juste proféré quelques syllabes que son compatriote durcit les traits de son visage et crache dans sa direction, le mollard atteignant la cible au niveau du nez. Formulant dans la foulée ce qui doit être une volée d'insultes, il la toise durement. Choquée, elle recule au plus loin qu'elle le peut, tandis que je me lève pour lui donner un paquet de mouchoirs en papier.

— Bon, si c'est comme ça, on remet l'interrogatoire à demain matin. Une nuit au frais, seul dans une cellule, le fera peut-être réfléchir. Vous pourrez vous libérer, madame Grosko ?

Tout en s'essuyant avec dégoût et en jetant deux mouchoirs roulés en boule dans la corbeille, elle réfléchit avant d'annoncer :

— Oui… non… je n'ai pas vraiment envie de revoir ce porc !

— Je peux vous comprendre. Néanmoins, ce serait indispensable. Soyez tranquille, je prendrai des dispositions pour que pareille mésaventure ne se reproduise pas.

Elle hésite avant d'abonder :

— D'accord pour demain. À quelle heure voulez-vous que je vienne ?

— 8 heures, c'est possible ?

— Oui, je serai ponctuelle.

Pour sortir, elle doit inévitablement passer à proximité de Korovak, et cela lui est insupportable. J'ai une astuce pour lui éviter cette épreuve.

— Voici une feuille blanche. Inscrivez en russe qu'il ne se rend pas service en refusant de répondre à nos questions, et qu'en temps voulu le juge tiendra compte de son attitude pour corser son verdict, ou au contraire faire preuve de clémence. Notifiez-lui aussi sa garde à vue au motif de vol à l'étalage. Je vais demander de l'aide pour l'emmener assister à la fouille de sa voiture.

Tandis qu'elle s'exécute, j'appelle l'accueil du commissariat pour quémander l'appui de deux costauds, et ensuite la vice-procureure Juliette Trodat. La représentante du parquet ne tique pas lorsque j'évoque la poursuite de la garde à vue. Les interrogations quant aux cinq mille cinq cents euros, demeurant, et la quasi-certitude que si nous relâchons Korovak nous ne le reverrons pas de sitôt, voire plus jamais, sont d'inébranlables arguments. Ma suggestion de la fouille du véhicule emporte également son assentiment.

Un peu plus tard, les deux mêmes policiers que plus tôt se pointent pour escorter Vladimir Korovak jusqu'à un fourgon, dans la cour du commissariat. Avant de les rejoindre, je raccompagne Barbara Grosko vers le rez-de-chaussée.

*

Le parking s'est considérablement vidé. Il ne doit plus rester que les véhicules des employés de la grande surface et de la galerie marchande, ainsi que ceux des traînards qui, après le travail, se souviennent que, chez eux, frigo et placards sont vides. Dans le fourgon, nous parcourons à allure réduite les travées du parking, à la recherche d'une Alpha Roméo. Lorsque nous en voyons une, j'appuie sur la commande d'ouverture à distance. Si le premier essai est infructueux, le deuxième est le bon. Répondant à la pression de mon pouce sur la partie plastique de la clé, les feux de détresse d'une Giulietta grise clignotent. Nous nous garons à proximité de la belle italienne immatriculée dans le Morbihan, et en approchons tous les quatre.

Le coffre ne recèle rien qu'un bidon d'huile moteur et un autre de liquide de refroidissement, rangés dans un carton pour éviter qu'ils ne se baladent ou ne perdent leur contenu si d'aventure ils se renversaient.

Dans l'habitacle, un pull-over est posé sur le siège passager. Dans la boîte à gants, outre une petite boîte d'ampoules pour les éventuelles défections des phares, veilleuses, ou clignotants, il y a quelques papiers. Ce sont bien sûr ceux-ci qui suscitent ma convoitise. Je compte trois reçus de la Western Union, tous au nom d'un bénéficiaire en Russie, en la ville de Novossibirsk. Il y a également neuf contrats de location de meublés, sur plusieurs villes de la région, à savoir : Quimper, Brest, et Douarnenez, et trois billets de train. Tous sont au départ de Quimper, à différents jours de la semaine prochaine, pour des destinations du grand Ouest de la France. Depuis les tragiques attentats terroristes qui ont frappé la France en 2014 et 2015, la SNCF fait figurer sur les titres de transport l'identité du voyageur. En l'occurrence, les prénoms et noms de trois femmes à consonance russe. Il y a enfin un bloc-notes, sur lequel, en lettres manuscrites, figurent des adresses de sites internet annonçant des massages. Les noms de ces sites ne sont pas sans distiller l'équivoque quant à la teneur des séances. Troublant, tout cela. Louche, même. Il y a fort à parier que ce qui se passe derrière la porte n'a rien de commun avec une manipulation chez un ostéopathe ou un kinésithérapeute. Illico, je fais un lien entre les locations de meublés, les sites de petites annonces, et l'argent expédié en Russie, et dont Vladimir Korovak semble conserver une partie sur lui. De là à supposer qu'il soit l'un des maillons d'un réseau de prostitution, il n'y a pas loin.

Sans quitter Korovak du regard, j'arbore sur les lèvres un sourire de vainqueur. Il peut conserver le silence, le résultat de mes investigations alourdit considérablement son dossier. Pour la troisième fois en cette fin de journée, je suis en communication avec Juliette Trodat.

— Madame la procureure, nous avons repéré la voiture de Vladimir Korovak sur le parking du supermarché dans lequel il s'est fait serrer. Je crois que nous avons mis la main sur du lourd. Vous connaissez le système de transfert d'argent de la Western Union ?

— Oui. C'est ce que l'on appelle du cash to cash. Il n'y a pas d'agence en France, c'est la Banque postale qui assume ce service de virements de particuliers à particuliers.

— Tout à fait ! On peut virer de l'argent à une personne à l'autre bout de la France, comme à l'autre bout du monde. Dans la boîte à gants, nous avons découvert trois reçus au nom d'un certain Boris Ouklov, qui habiterait Novossibirsk, pour des sommes de deux mille, trois mille, et trois mille cinq cents euros. Le tout étalé sur une période de deux semaines.

— Pas mal. Ça chiffre à huit mille cinq cents euros en quinze jours. Vous avez une idée de la provenance de cette somme rondelette ? Une histoire de drogue ?

— Je ne crois pas que ce soit cela. En plus des trois reçus, j'ai découvert des contrats de location de meublés dans trois villes du Finistère. Sur un bloc-notes, il est fait allusion à des petites annonces pour des massages relaxants. Partant de là, je verrais bien une affaire de prostitution, là-dessous, car en plus il y a trois billets de train pour un aller simple de Quimper vers différentes villes du grand Ouest, dans une huitaine de jours, mais correspondant à des jours différents. Ils portent les prénoms et noms de femmes. De là à ce que ce soit pour les emporter vers de nouvelles destinations afin qu'elles y monnaient leur charme, ceci en évitant qu'elles ne se rencontrent, il n'y aurait rien de surprenant.

— Finement réfléchi, capitaine Moreau. Vous avez déjà accumulé quantité de renseignements. Vous allez ensuite perquisitionner son domicile ?

— Pas dans l'immédiat, puisque je ne connais pas son adresse. Comme je vous le disais tout à l'heure, il a refusé de s'exprimer lors de l'interrogatoire, et a même craché sur la traductrice. Souhaitons qu'une nuit en cellule le rende plus loquace.

— C'est effectivement à espérer. Il y a vraisemblablement des femmes qui vivent un enfer, à l'heure où nous parlons, et plus vite nous y mettrons un terme, mieux cela sera. Pour vous chapeauter, je vais nommer un juge d'instruction. Il ne tardera pas à se mettre en liaison avec vous. Bonne soirée, Capitaine Moreau.

— Bonne soirée également, Madame. Au revoir.

L'Alpha Roméo refermée, nous remontons dans le panier à salade, et retournons au commissariat. Dans la cour qui sert de parking, nous nous extrayons du véhicule quand je reçois un appel du juge d'instruction Hugo Desmant, nommé dans le quart d'heure par la vice-procureure pour diriger nos investigations. Après un bref résumé de la situation, ensemble nous planifions les interventions du lendemain.

Sur mon bureau, le brigadier-chef Rodolphe Lancien a mis en évidence le procès-verbal d'audition de l'agent de sécurité du supermarché. Je le lis avant de le glisser dans un dossier à sangle qui devrait rapidement prendre du volume. J'attrape ensuite la feuille rédigée par Barbara Grosko, et descends au rez-de-chaussée.

Vladimir Korovak est enfermé dans la même cellule que plus tôt. J'ouvre la porte, et, sans un mot, lui donne la feuille manuscrite dont il se saisit sans y jeter un œil. Peu m'importe. À lui d'en faire bon usage. Il a toute la nuit pour réfléchir.

Je repasse ensuite par la salle de pause pour reprendre mes emplettes au frigidaire, puis par l'accueil du commissariat pour que les personnels de permanence n'oublient pas de nourrir le gardé à vue. Cette précaution prise, il est temps de faire route vers Concarneau, vers mon domicile.

III

Pas le temps de traînasser, ce matin. Si, régulièrement, en quittant la maison pour une nouvelle journée de travail, je m'accorde un tour de corniche avant de rouler vers Quimper, histoire de me mettre plein les yeux du panorama sur la baie, avec en toile de fond l'archipel des Îles Glénan, aujourd'hui j'ai directement pris la direction de Coat-Conq et sa bretelle d'accès à la voie express qui traverse le département du nord au sud.

À 8 heures tapantes, Barbara Grosko est effectivement dans nos locaux. Je la sens nerveuse, à l'idée de se retrouver en présence de son patibulaire compatriote. D'emblée, je la rassure, annonçant que nous occuperons non pas mon bureau exigu, mais un autre un peu plus vaste et qui sert parfois de salle de réunion. Elle se tiendra en retrait, et un policier empêchera Vladimir Korovak de l'importuner de quelque manière que ce soit. Rassérénée, elle consent un sourire condescendant.

Lui ayant préparé un café pour la faire patienter, je descends aux cellules. Après un crochet par l'accueil pour serrer quelques mains, je me fais assister d'un policier en uniforme qui n'a rien de plus pressé pour le moment.

Assis sur le bat-flanc, le Russe ne paraît pas se ressentir de sa nuit, alors que tout un chacun aurait mal vécu cet isolement. Il est clair qu'il s'agit là de l'apanage des gibiers de potence, qui ne sont pas du genre à s'embarrasser des turpitudes que leur valent leurs mauvais coups. Il sait que la partie est très mal engagée pour lui, mais il en faut plus pour l'ébranler. Le petit déjeuner avalé depuis près d'une heure, il est prêt pour l'épreuve. J'ai un regard pour la feuille rédigée la veille par la traductrice ; Roulée en boule et jetée à même le sol, son traitement démontre l'état d'esprit de Korovak, et du peu d'illusions qu'il se fait sur son avenir.

Pénétrant dans la cellule, sans un mot je lui passe les menottes et l'entraîne à ma suite, le policier fermant la marche, prêt à en découdre si le prévenu voulait traîner les pieds ou s'il se montrait agressif.

Contrairement à mon bureau, l'autre n'est pas équipé d'un dispositif limitant la liberté de mouvement d'un prévenu, en l'occurrence un anneau scellé dans la maçonnerie. En guise d'anneau, le policier défait une menotte et en entoure son propre poignet. Voilà qui fera l'affaire.

Je m'éclipse quelques secondes, pour aller chercher Barbara Grosko. Comme convenu, l'interprète s'assoit deux mètres derrière le policier et son compatriote, qui n'a pas daigné lever l'œil vers elle. Mon ordinateur portable allumé, l'interrogatoire peut reprendre, si on considère qu'il ait débuté la veille tant il fut court et stérile.

— Madame Grosko, comme hier, questionnez-le s'il vous plaît sur l'origine de l'argent découvert dans les poches de son blouson.

Elle se racle la gorge avant de prononcer une courte tirade, à laquelle il répond par une plus courte encore.

— Il dit que ce sont ses économies.

Aujourd'hui, l'homme a choisi de s'exprimer. C'est de bon augure !

— Pourquoi avait-il cet argent sur lui, et non pas dans une banque ou un tout autre endroit sécurisé ?

Nouvel échange verbal entre les deux Russes.

— Parce qu'il ignore le fonctionnement des banques françaises.

Tout en tapant les réponses sur mon clavier, je poursuis l'interrogatoire :

— Où travaille-t-il pour ainsi disposer de tant d'argent liquide ?

— Il a fait des travaux de plomberie sur quelques chantiers.

Des années après le plombier polonais, voici que le plombier russe débarque sur le marché du travail français. J'ai un peu, voire beaucoup, de mal à le croire. Comme ceci nous mènera inéluctablement à une impasse, changeons de voie.

— Qui est Boris Ouklov, demeurant à Novossibirsk, à qui il a adressé des virements via la Western Union ?

— Il dit que c'est son oncle.

— Et pour quelle raison lui donne-t-il cet argent ?

— Pour l'aider à vivre, parce que son oncle est au chômage.

— Il y en a pour une belle somme. Combien de temps lui a-t-il fallu pour économiser quatorze mille euros, soit la somme totale de ce qu'il avait dans ses poches et ce qu'il a fait parvenir à son prétendu oncle ?

L'interrogation de la traductrice reste sans réponse. Ici aussi, en l'état actuel de nos connaissances, inutile de s'embourber dans des chemins non carrossables.

— À quoi correspondent les contrats de locations d'appartements ?

— Il affirme que ce n'est pas à lui. Il les a trouvés par terre, en ville, sur un trottoir.

— Ces contrats sont au nom d'une certaine Julie Person. Qui est-elle ?

Le Russe grommelle quelques mots tout en faisant non de la tête, pendant que Barbara Grosko traduit.

— Il ne la connaît pas, il ne l'a jamais vue, et n'a jamais entendu parler d'elle.

La colère monte en moi, doucement mais sûrement. Même si je m'attendais à pareille attitude, c'est toujours désolant de buter sur l'entêtement d'un prévenu à ne pas s'avouer vaincu. Jadis, les caïds ne prenaient pas les flics pour des lapereaux de trois semaines : quand ils se savaient pris, ils lâchaient le morceau. Sans balancer leurs complices, puisque cela ne se faisait pas dans le milieu, ils assumaient leurs conneries. Les hommes, comme on les surnommait, avaient des principes. Ils s'en contrefichaient de la morale quand ils mettaient des filles sur le trottoir, ou lorsqu'ils liquidaient un transporteur de fonds, mais ils avaient un code de conduite, une sorte de déontologie qui marquait la différence entre les vrais durs et les magouilleurs à la petite semaine.

— Ce n'est pas grave, il y a les coordonnées de cette femme sur les contrats. Nous la verrons en temps voulu. Pourquoi avait-il dans sa voiture des billets de train pour la semaine prochaine ? Et surtout pourquoi ces billets ont des destinations différentes, comme Rennes, Saint-Brieuc, et Angers ?

— Ceux-là aussi, il les a trouvés. Alors, il s'est dit qu'il allait les utiliser pour aller chercher du travail. C'était l'occasion de voyager gratuitement. Quel prétexte bidon !

— Il faut qu'il arrête de nous raconter des conneries ! Les billets sont aux noms et prénoms de femmes de la même nationalité que lui ! Nous allons perquisitionner ces logements. S'il s'avère que celles et ceux qui les occupent le connaissent et l'identifient, il n'en prendra que plus cher quand viendra le moment de payer l'addition. Quand vous lui aurez répété cela, demandez-lui s'il revient sur sa déposition ou s'il a quelque chose à ajouter. Dites-lui cela, avant de conclure que nous allons arrêter là. Pour le moment !

Pendant qu'elle traduit, je consulte ma montre. Mes collègues sont sûrement arrivés. Ensemble, nous irons perquisitionner les meublés situés à Quimper. Ce sera plus riche en enseignement que cette mascarade d'interrogatoire.

— Il certifie qu'il ne connaît personne dans la région, qu'il a trouvé les contrats dans la rue, ainsi que les billets de train qu'il allait essayer de revendre pour acheter un billet pour Lyon, où il espère trouver du travail.

— Soit ! C'est une réponse comme une autre. Il pourrait aussi se déguiser en femme pour prendre le train, et se balader dans le grand Ouest ! J'imprime mes questions et ses explications, il ne lui restera plus qu'à signer.

Furax, je finis de taper le procès-verbal pendant deux bonnes minutes, ce qui a pour effet de faire baisser mon courroux. C'est pratique, que d'avoir une imprimante connectée au portable. La machine crachote une première feuille, que j'avance vers Korovak, puis une autre identique que je donne à la traductrice.

— Madame Grosko, veuillez lui lire la totalité du document, et demandez-lui ensuite de signer.

Il feint de ne pas l'écouter, mais lorsqu'à la fin de sa lecture elle lui dit d'approuver en apposant sa signature, il s'y refuse.

Pas à une contrariété près, je reprends le stylo et fais mention de son refus, avant de ranger les feuilles, puis d'éteindre l'ordinateur et l'imprimante.

*

Mes trois collègues de l'antenne quimpéroise de la PJ sont effectivement chacun dans leurs bureaux respectifs. Après le salut matinal et les banalités d'usage, je les réunis dans le mien et leur raconte la soirée de la veille, agrémentée des maigres informations en notre possession.

— De simple témoin d'un vol dans un supermarché, te voilà maintenant chargé d'une affaire louche et bien plus compliquée qu'il n'y paraissait au départ, constate l'Eurasienne Suzy Villard en promenant une main dans ses longs cheveux noirs.

— Là où Maxime Moreau passe, le mystère surgit, soliloque Simon Jaouen, avant de compléter. D'accord, il n'y a pas de rime, alors je modifie : là où Maxime Moreau passe, le mystère surgit, et tôt ou tard il trépasse !

— Laisse tomber la poésie, Simon, je crois que tu n'es pas fait pour. Ce n'est pas seulement moi qui suis saisi de ce dossier, mais nous quatre. Si vous êtes prêts, on va perquisitionner les meublés situés sur la ville, et ensuite ceux de Douarnenez et Brest. Il y a encore beaucoup de zones d'ombre, mais après nos visites peut-être y verrons-nous plus clair.

— Ça veut dire qu'on y va tous les quatre ? interroge le Martiniquais Justin Débolo, qui s'apprêtait à ouvrir un tiroir de son bureau pour y cueillir les dés qui servent à choisir celui ou celle qui m'accompagne lorsque le besoin s'en fait sentir.

— Tous les cinq, avec l'inculpé. On ne sait pas dans quoi on s'embarque, alors mieux vaut être prévoyant en y allant en nombre. D'ailleurs, par précaution, prenez vos armes. Parés à virer ?

En moins de temps qu'il n'en faut pour le dire, nous repassons par la cellule chercher Vladimir Korovak, et sommes hors du commissariat. Deux voitures de service, banalisées, nous conduisent au Braden, un quartier d'Ergué-Armel, commune rattachée à Quimper depuis des lustres.

Rue de Belle-Île-en-Mer, nous localisons le petit immeuble qui correspond au premier contrat de location. Sortant de voiture, Simon et Justin encadrent Korovak pour souligner que toute tentative de nous fausser compagnie serait vouée à l'échec. De plus, ses mains menottées dans le dos compliqueraient sa fuite.

Aucun nom sur les boîtes aux lettres, mais cela ne nous est pas indispensable, car le contrat précise le numéro de l'immeuble et le numéro du logement.

Suzy et moi nous présentons devant la porte, les trois autres demeurant en retrait dans un angle mort, un demi-étage plus bas.

En réponse à un appui long sur la sonnette, nous entendons des bruits de pas sur le sol de l'appartement, avant que la porte ne s'ouvre sur une jolie femme d'environ un mètre soixante-dix. Elle n'est pas apprêtée, mais un long séjour devant le miroir n'est pas nécessaire lorsqu'il y a un indiscutable potentiel de beauté.

— Bonjour, Madame. C'est la police. Nous pouvons entrer ?

Un instant, je me dis qu'elle nous examine comme si nous étions des extraterrestres, avant de réaliser plus simplement qu'elle n'a pas compris le sens de mes paroles. Au milieu des autres mots, le mot police lui a échappé. Je le répète, en détachant les syllabes. De l'inquiétude naît alors sur son visage.

Bloquant les mains de Korovak haut dans le dos, Justin et Simon ont gravi le demi-étage. Pour éviter que le Russe ne profère des menaces à son encontre ou ne lui transmette des consignes, les deux-brigadiers-chefs le font finalement redescendre et l'emportent à l'extérieur.

— Vous parlez français ?

Son incompréhension est totale. Une nouvelle fois, il va falloir faire appel à Barbara Grosko. J'aurais dû me douter il y a moins d'une demi-heure qu'il y avait de fortes chances pour que nous ayons encore besoin de son concours. Je me souviens que lorsque je lui ai téléphoné hier soir, je l'ai fait à partir de mon portable. C'est alors un jeu d'enfant que de retrouver son numéro dans le listing des appels passés.

— Madame Grosko ? Ici le capitaine Moreau. Seriez-vous disponible pour nous rejoindre, quartier du Braden ? Nous avons découvert une de vos compatriotes.

*

L'interprète est rapidement parmi nous. Je lui explique ce que j'attends d'elle, avant de la laisser traduire l'entretien qui s'engage alors. Il en ressort que la femme, effectivement russe, se nomme Tasha Kraiev et est arrivée à Quimper trois jours plus tôt. Démunie financièrement, elle se démène pour subvenir aux dépenses de ses proches restés au pays, en particulier payer les frais hospitaliers de sa mère, soignée d'un cancer à Saint-Pétersbourg. Elle avoue se prostituer pour cela. En provenance de Lyon, il est prévu qu'elle demeure ici durant deux semaines, avant de se voir fixer une nouvelle destination, où elle se rendra via le réseau ferré pour assouvir les bas instincts d'hommes insensibles à sa détresse. Ces rotations ont pour objectif de proposer à la clientèle une variété de femmes aussi belles que paumées, et ayant fortement nécessité d'argent. Durant ces trois jours, Tasha a vu défiler une vingtaine de clients, chacun des rendez-vous lui étant signifié par un téléphone portable remis à Lyon, par une compatriote qui gère le planning des filles. Pour lui ôter toute velléité de fuite, son passeport lui a été retiré par cette même compatriote.

L'allusion à la capitale des Gaules est un écho à l'affirmation du gars Vladimir, qui prétendait vouloir s'y rendre pour chercher du boulot. Le nom de la jeune Russe correspond à l'un de ceux qui étaient indiqués sur les billets de train découverts dans la boîte à gants de l'Alpha Roméo. Il y avait trois titres de transport, soit un nombre identique au nombre de meublés localisés sur Quimper. Ce n'est certainement pas un hasard. Après vérifications, la boucle devrait être bouclée en un temps record.

Vient maintenant le moment de lui présenter Korovak. Pendant que Suzy descend chercher nos collègues et le proxénète, Barbara et moi rassurons Tasha Kraiev, expliquant qu'elle n'a rien à redouter de lui car de l'eau coulera sous les ponts avant qu'il ne soit libre. Un sourire et une parole réconfortante de Barbara Grosko la rassérènent un peu plus encore. Questionnée, elle dit qu'elle ignore son nom, et l'adresse de son domicile, mais il lui a dit qu'il se prénomme Yvan. Pas étonnant qu'il ait tronqué son identité, dans le souci de couper le contact et d'empêcher qu'on ne remonte jusqu'à lui si le réseau venait à être suspecté. Une minute plus tard, lorsqu'il franchit le seuil de l'appartement, un frisson parcourt le corps tout entier de la femme, confirmant ainsi que c'est bien cet homme qui l'a réceptionnée à la gare, et l'a installée dans cet appartement qui ne possède qu'une seule chambre.

Interrogée sur l'origine du frisson, alors que lui la fusille du regard mais ne peux émettre le moindre mot sans qu'il ne nous soit traduit par Barbara Grosko, Tasha concède, les yeux embués de larmes, que dès le premier jour il l'a violée. Et pas plus tard que la veille également. Si ses prestations sont habituellement tarifées, pour lui, elle n'est qu'une femme en libre-service, un jouet, dont il peut user et abuser à volonté.

Les mâchoires serrées, les poings fermés dans le dos, le Russe transpire de férocité. Si nous n'étions pas là, sûr et certain qu'il la dérouillerait pour lui apprendre à tenir sa langue. Parce qu'il n'est pas utile de faire durer le supplice, Justin et Simon l'emmènent vers le rez-de-chaussée.

La fouille du logement s'ensuit, sans que Suzy et moi-même, ne découvrions ce qui pourrait donner un nouvel élan à nos investigations. Hormis les vêtements et affaires de toilette de la jeune femme, le reste appartient aux propriétaires du meublé.

Suzy propose à la jeune femme de l'aider à préparer sa valise, ceci avant de l'accompagner vers un organisme social qui, sur Quimper, a le mérite d'héberger des femmes en difficulté, quand par exemple elles quittent dans l'urgence le domicile conjugal, lorsqu'il en va de leur intégrité physique ou morale. Justin, Simon et moi, accompagnés de Korovak et Barbara Grosko, décidons de pousser vers un second meublé.

IV

Suzy a conservé une voiture pour faire un saut au commissariat, afin d'enregistrer en bonne et due forme la déposition de Tasha Kraiev, avant de la confier à un service d'aide aux femmes en détresse. Elle devra faire appel à un second traducteur s'il en existe, sinon, elle fera du mieux qu'elle pourra.

Barbara Grosko, qui gentiment continue avec nous la tournée des meublés, me propose de monter à son bord, avec dans les yeux un ersatz de promesse salace. Je me tire de ce mauvais pas en argumentant que, par sécurité, il vaut mieux que nous soyons trois pour escorter Korovak. J'ai pour principe de ne jamais mêler histoire de cœur et boulot. Et puis, j'ai Murielle, alors à quoi cela me servirait-il de faire le joli cœur, hormis à me plonger dans une situation délicate et à m'attirer des problèmes. Dans la voiture, Simon et Justin me chambrent, mais je sais pertinemment qu'eux aussi auraient réagi de la même façon.

Nous redescendons au centre-ville, pour embouquer l'impasse de la Minoterie, derrière la gare SNCF et la gare routière. Trois résidences de plusieurs étages se présentent. Là encore, pas de risque de se tromper, le contrat de location étant précis. Pour ne pas donner l'éveil, Simon actionne la sonnette d'un logement au nom d'un couple pour demander l'ouverture de la porte de l'immeuble. Lorsqu'une femme d'un certain âge, si l'on s'en réfère à sa voix, commande l'ouverture, nous montons. Comme plus tôt au Braden, Simon, Justin et le prévenu, s'arrêtent au deuxième étage, la traductrice et moi poursuivons jusqu'au troisième. Pas de nom sur la porte, juste un numéro. Nous sonnons, et après quelques secondes elle pivote sur ses gonds. La femme doit avoir à peine plus de vingt-cinq ans. En mini-jupe et chemisier porté à même la peau, sans soutien-gorge comme en témoignent deux hardis tétons, elle porte aux pieds des chaussures aux talons d'une incroyable hauteur. Ça tient de la performance que de tenir là-dessus, sans s'étaler de tout son long ou se tordre une cheville ! Soigneusement coiffée et maquillée, elle se préparait sans doute à sortir… à moins que ce ne soit à recevoir de la visite !

Elle bredouille quelques mots en français, mais le recours à la traductrice s'impose. Après avoir une nouvelle fois sorti ma carte professionnelle de police, par l'intermédiaire de Barbara je commence par lui demander si elle connaît Korovak, qu'elle aperçoit un peu plus bas. Balançant la tête de la gauche vers la droite, puis dans le sens inverse, elle répond dans sa langue natale par la négative, mais il est clair qu'elle ment. D'ailleurs, comme l'autre prostituée rencontrée plus tôt, elle aussi a eu un mouvement de répulsion. Pas le grand haut-le-cœur, mais un subit raidissement. Le Russe ne doit pas être tendre avec les filles qu'il exploite… La pauvre, il y a fort à parier qu'elle aussi est passée à la casserole. De gré, ou de force. Surtout de force.

La refoulant dans l'appartement, et assénant que nous en savons beaucoup sur sa situation, et sur l'existence du réseau de prostitution, Barbara Grosko lui fait comprendre qu'il serait vain de nier. Non seulement vain, mais a fortiori préjudiciable pour la suite de son séjour en France. Dès lors, elle avoue connaître l'homme, qui lui a dit s'appeler Yvan, comme à sa consœur, et une fois lancée, elle expose sa situation.

Misha Doudnik, elle non plus, n'a plus son passeport. Son nom est également l'un de ceux notés sur un billet de train. Elle est arrivée à Quimper il y a deux jours. Auparavant, elle avait passé deux semaines à Caen, et avant Caen ce furent Cholet, Chartres, Tours… En France depuis six mois, elle change de ville tous les quinze jours, faisant commerce de son corps pour que son bébé, polyhandicapé et resté au pays, puisse recevoir des soins adaptés à son cas. À l'instar de l'autre fille de joie, c'est par le biais d'un téléphone portable remis par une compatriote, à Lyon, où a débuté son calvaire, qu'elle est prévenue de l'arrivée d'un client. Quand nous avons sonné, elle a d'ailleurs cru que c'était son rendez-vous de 11 heures qui avait de l'avance. Elle aussi souligne qu'il était convenu que le fameux Yvan lui remette, en temps voulu, le billet de train pour une nouvelle ville-étape, en fin de semaine prochaine. Interrogée sur la pratique du français d'Yvan, elle atteste qu'il le comprend et le parle suffisamment pour se débrouiller dans la vie de tous les jours, comme pour faire des courses où se rendre au guichet de la gare SCNF pour acheter des billets de train. Aussitôt, j'ambitionne d'avoir une conversation avec ce drôle d'oiseau dès notre retour au commissariat.

J'interpelle Justin et Simon pour qu'ils gravissent les marches qui nous séparent avec le supposé Yvan. Parce qu'ils sont de vrais hétéros, les prunelles de mes collègues s'attardent sur le décolleté généreux de la femme, puis sur le reste de sa plastique, tandis que leur pomme d'Adam joue du yo-yo et que leur gorge s'assèche. En revanche, Korovak l'ignore, et observe les lieux comme si c'était la première fois qu'il y mettait les pieds. Enjoignant à Barbara Grosko de garantir à Misha Doudnik que nous allons la placer dans un centre, nous entreprenons de fouiller l'appartement. Ici aussi, dans ce logement meublé sans originalité, il n'y en a pas pour longtemps. Pour gagner du temps, la Russe remplit de vêtements deux valises au fur et à mesure que nous fouillons une armoire bancale.

Un coup de sonnette survient juste comme nous finissons, sans avoir rien découvert de compromettant. Ravalant notre déception, nous demandons à la femme d'actionner l'ouverture de la porte de l'immeuble, puis nous nous plaçons derrière la porte de l'appartement pour accueillir son client. Au coup de sonnette, nous lui faisons signe d'ouvrir.

Adoptant un sourire forcé, elle fait pivoter la porte, et d'un geste du bras prie son client d'entrer. Il ne fait pas deux pas, avant de nous apercevoir. Si lui aussi arborait un sourire, il s'estompe dans la seconde. Il ignore qui nous sommes, mais il a déjà compris que son rendez-vous galant n'aura pas la tournure qu'il imaginait. Sans lui laisser le temps de rebrousser chemin, la porte est refermée par Simon qui s'y adosse, composant un rempart infranchissable.

L'homme a environ trente-cinq ans, et à l'inverse de ce que l'on pourrait supposer d'un individu qui a recours à une professionnelle du sexe, il est plutôt pas mal physiquement. Habillé avec recherche, ses vêtements laissent présumer de revenus tout à fait corrects. Une alliance à son annulaire gauche rend la situation encore plus nauséabonde.

— Bonjour Monsieur. Police. Quel est le but de votre visite ?

— Heu… je me suis trompé d'étage.

À d'autres ! Il sait que nous ne sommes pas dupes, malgré sa tentative de mettre de la conviction dans son explication. Pour dissiper tout malentendu, et lui faire entraver que nous ne tomberons pas dans le panneau, autant y aller franco.

— Nous savons que c'est faux. En revanche, ce que nous ne savons pas, c'est comment vous avez pris rendez-vous, et comment vous avez obtenu cette adresse. Et cela, vous allez nous le dire. Venez !

Tournant les talons, je marche vers la pièce à vivre où il n'a d'autre choix que de me suivre. Une chaise est écartée de la table, sur laquelle il est forcé de s'asseoir par le brigadier-chef Débolo, qui lui fait ensuite les poches. Dans un portefeuille, permis de conduire et carte d'identité nous renseignent sur son état civil.

— Monsieur Delanoé, nous vous écoutons : comment avez-vous pris rendez-vous ?

Comme il ne s'empresse pas pour répondre, je précise :

— Vous ne nous intéressez pas. Ce que nous voulons, c'est découvrir comment fonctionne ce réseau de prostitution. Alors, mettez-y du vôtre et vous vous éviterez tout un tas d'embêtements. Je ne peux que vous conseiller d'être disert. Nous cacher des informations que nous finirons par obtenir nous fera revenir vers vous, et cela dans nos locaux ou à votre domicile, ce qui ne manquera pas d'alerter votre épouse. Alors allez-y bille en tête.

— Sur internet, consent-il par délivrer. Je me suis connecté à un site de rencontres, et j'ai relevé des annonces pour des massages. Je me doutais que cela cachait des prostituées. J'ai entré mon adresse internet, et j'ai reçu les tarifs. J'ai choisi la… la prestation, et j'ai réglé par carte bancaire. J'ai ensuite reçu l'adresse, et l'heure à laquelle je serais attendu.

— Combien pour une passe ?

— Cent euros la demi-heure, cent cinquante pour une heure.

Ce n'est pas aussi lucratif que l'intervention d'un avocat commis d'office, mais bien au-dessus du taux horaire du SMIC. Avec trois filles sur la ville qui cumulent les clients, plus d'autres sur Douarnenez et Brest, on devine aisément que ce commerce est fructueux. Le fonctionnement du réseau nous étant expliqué, il est vraisemblable que Vladimir Korovak doublait les organisateurs et se composait ainsi un joli pécule, d'où la belle somme trouvée sur lui.

Il est maintenant temps de prendre des décisions. Delanoé essuie une leçon de morale sans précédent, agrémentée de jeux de mots et de plaisanteries douteuses du duo Simon-Justin, au milieu desquelles le mot coup est mis à toutes les sauces, à commencer par l'expression tirer un coup qui se transforme finalement en un coup foireux, qui pourrait lui valoir d'insondables soucis. Sur ce point, nous ne nous appesantissons pas, déléguant au juge Hugo Desmant la volonté ou non de donner suite au dossier pour une comparution au tribunal.

Nous enregistrons son témoignage et le lui faisons signer. C'est seulement lorsque ces formalités administratives sont terminées que nous le laissons repartir penaud.

Nous enregistrons également celui de Misha, avant d'appeler le juge d'instruction. Lui ayant résumé les événements du matin et les renseignements récoltés, il nous encourage à perquisitionner le troisième logement. À l'issue de cette visite, il est évident que Korovak sera placé en détention provisoire en maison d'arrêt. Jusque-là, le motif de sa garde à vue était toujours le vol à l'étalage mais il se mue en ouverture d'une information pour proxénétisme, et il importe de pousser nos recherches pour constituer un dossier conséquent. Parce qu'il y a urgence à écourter la galère d'autres femmes qui, sur Douarnenez et Brest, doivent subir les mêmes affres que les deux de ce matin, Hugo Desmant suggère que nous nous occupions dans la foulée des meublés douarnenistes, et de réclamer l'intervention des personnels de l'antenne brestoise de la PJ pour les meublés localisés dans la cité du Ponant. Pour cela, il suffit de leur transmettre les coordonnées, qui figurent sur les contrats de location.

Sa suggestion étant plus prosaïquement la marche à suivre, j'en confirme le bien-fondé avant de raccrocher.

Lorsque nous sommes fin prêts, nous faisons mouvement. Embarquant Misha Doudnik avec elle,

Barbara Grosko n'est pas seule pour le trajet jusqu'au commissariat.

Revenue après avoir placé la première prostituée dans le centre social qui saura l'accueillir et l'épauler dans ses premières démarches administratives, Suzy accepte de s'occuper de la deuxième, qui s'est munie de ses deux valises. Suzy a su se débrouiller sans l'aide d'un traducteur, il n'y a pas de raison que cette fois encore, cela ne se déroule pas sans encombre. Pendant que Justin nous prépare un café et que Simon fait la causette avec la traductrice, j'entre en liaison avec le commandant Claude Tammet, de l'antenne de la PJ de Brest.

— Salut Maxime, comment vas-tu ?

Sa voix est étrangement nasillarde, aujourd'hui. Un peu comme si une épingle à linge lui serrait le nez.

— Ça va. Du boulot par-dessus la tête, comme d'habitude. Et toi, ça va ? Tu as l'air enroué ?

— J'ai la crève, réplique-t-il après un reniflement. Je suis à plat, j'ai des frissons, j'ai froid à en trembler, et cinq minutes plus tard je crève de chaud. J'ai beau prendre des médocs, ça ne passe pas.

— Tu vas devoir consulter un toubib.

— Oui, je vais prendre rendez-vous. Atchoum… Que me vaut ce coup de fil ?

— Pour nous soulager, et sur la requête du juge d'instruction Hugo Desmant, je viens solliciter ton aide, et celle de ton équipe.

— Pour une interpellation ? a-t-il le temps de demander avant d'éternuer bruyamment.

— Pas encore. Pour l'instant, nous en sommes aux premiers stades d'une affaire de proxénétisme qui concerne plusieurs villes du département, et plus largement une bonne partie de l'ouest de la France.

— Rien que ça !

— Un truc incroyable. Et le plus fou, c'est que ça a débuté par un simple vol à l'étalage dans un supermarché. Tu as quelques minutes pour que je te raconte dans le détail ?

— Oui. En raison de ton appel, je me doute que la ville de Brest est impactée, alors mieux vaut que je connaisse le fond du dossier pour le traiter au mieux.

Je lui narre alors la soirée d'hier, le vol au supermarché, la fouille de la voiture, et la découverte dans la boîte à gants de documents qui nous ont mis la puce à l'oreille. Viennent ensuite nos investigations de la matinée, et la nécessité que lui et son équipe nous relaient sur Brest pour abréger les tourments de femmes contraintes à faire commerce de leur corps.

— Pas de souci, on va s'en occuper. Atchoum… Dis donc, ton histoire, ça ressemble à du gros n'importe quoi. C'est qui, ce nigaud qui pique des broutilles alors qu'il est plein aux as ?

— C'est l'homme de main de l'organisation. Je suppose qu'il profitait de son rôle pour forcer les filles à travailler pour son compte personnel, en plus des passes commandées et réglées par internet. C'est comme ça qu'il s'est composé un pécule.

— Mais de là à avoir ce pognon sur lui, et surtout de risquer de se faire gauler en volant dans un centre commercial, c'est un truc de fou.

— Je te l'accorde. C'est par ce concours de circonstances que nous avons eu vent de ce réseau. Dans un premier temps, je scanne les contrats de location sur la zone qui te concerne et le passeport de Korovak pour que tu disposes de sa photo pour la montrer aux filles, et ensuite je t'envoie le tout par mail.

— Entendu… Atchoum… Je vois qui j'ai de disponible, et on s'y colle au plus vite. Je t'adresse le résultat de nos interventions une fois que ce sera terminé. Je t'appelle s'il y a un problème.

— On fait comme ça ! À plus tard, Claude. Prends soin de toi.

Profitant de ce répit, Simon et la traductrice ont inventorié le répertoire du portable du prévenu, mais cela ne nous est d'aucune aide, car il ne contient qu'une dizaine de noms et prénoms qui ne figurent dans aucun fichier des forces de police ou de gendarmerie. Il n'y a pas de message en mémoire, ni de SMS. Nous verrons bientôt si les individus du répertoire, hommes et femmes, sont connus des autorités de leur pays.

La dernière gorgée de café avalée, nous remontons

en voiture et quittons la place. Là encore, pour devancer la proposition de Barbara Grosko, j'annonce qu'il est impératif que nous soyons trois pour calmer les éventuelles velléités de Vladimir Korovak.

V

Le troisième meublé quimpérois est situé rue de la Libération, dans un immeuble de neuf étages abritant en rez-de-chaussée des garages pour les véhicules des résidents. Nous nous garons à distance, et revenons à pied. Barbara Grosko ne me lâche pas d'une semelle, jouant des coudes pour marcher près de moi, ce qui est gênant vis-à-vis de Simon et Justin qui me lancent des regards interloqués. Il va vraiment falloir que je clarifie la situation, si je ne veux pas me retrouver embarqué dans un mauvais plan. Vladimir Korovak, quant à lui, marche paupières et tête baissées, en rentrant la tête dans les épaules autant que faire se peut, car il a toujours les mains menottées dans le dos.

Empruntant un escalier, nous grimpons jusqu'au quatrième niveau. Nous ne sommes pas servis par la chance, cette fois, car la porte reste close à nos coups de sonnette. Descendant l'escalier, nous croisons une femme qui paraît avoir trente ans, voire un peu plus. Une baguette de pain à la main, et dans l'autre un sac plastique d'où émergent les feuilles vert foncé de quatre poireaux, elle monte les degrés sans lever la tête ni même saluer, comme cela se fait communément chez les gens civilisés. Outre une tenue donnant un aperçu de la plastique, rien ne distingue une prostituée d'une autre femme, c'est simplement le fait que celle-ci semble rentrer chez elle et qu'elle soit plutôt jolie qui m'exhorte à nouer le contact.

— S'il vous plaît, Madame, vous avez l'heure ?

En l'absence de réponse à une question somme toute banale, je vote un clin d'œil à Barbara Grosko, qui ne se méprend pas sur mes intentions et percute en apostrophant l'inconnue en russe. Celle-ci s'arrête au beau milieu de l'escalier, avant de se retourner lentement. Elle a d'abord dans les yeux une lueur mi-inquiète mi-étonnée, et comme un point d'interrogation sur le visage, mais rapidement cela se transforme en crainte quand elle reconnaît le profil de Korovak et entrevoit les bracelets métalliques à ses poignets.

Cédant à notre interprète l'initiative du dialogue, nous montrons notre carte barrée de bleu-blanc-rouge et faisons demi-tour, indiquant en cela que nous allons à son domicile, et que rien ne nous fera changer d'avis. La femme le comprend. S'évertuant à ne pas regarder le proxénète, elle nous ouvre le passage vers le quatrième étage.

— Parlez-vous notre langue ? demandé-je lorsque nous pénétrons dans l'appartement.

— Un peu, répond-elle d'une voix aiguë. Que vouloir-vous ?

La tournure de cette simple formulation sous-entend qu'il nous faudra inévitablement recourir aux services de Barbara Grosko. Cependant, j'essaie de le faire en direct.

— Depuis combien de temps êtes-vous à Quimper ?

— Cinq jours. Je suis arrivée samedi.

On va peut-être s'en sortir, finalement…

— Connaissez-vous cet homme ? fais-je en désignant Korovak.

— Oui, bredouille-t-elle. C'est Yvan. Il habite ici, avec moi.

Voilà un grand pas de franchi ! Ce n'est pas la grande euphorie, mais en période de disette d'informations, on se satisfait de peu. Contre toute attente, nous venons de découvrir le point de chute du Russe. La mine renfrognée, celui-ci a compris que son secret est éventé, et en retire de l'amertume. Autre aspect positif pour nous, et qui simplifie notre échange, la demoiselle fait de louables efforts pour s'exprimer en français.

Si les autres appartements ne comportaient qu'une seule chambre, Galina Lechevski nous apprend que celui-ci en possède deux ; une pour Korovak et une autre pour elle et ses clients de passage. Nous décidons de commencer la perquisition par celle de l'homme, mais la porte est fermée à clé. Prévoyant, j'avais conservé dans une poche le trousseau qui comporte également la clé de l'Alpha Roméo.

Effectivement, l'une des clés correspond à la serrure. Agissant avec méthode, nous jetons notre dévolu sur une grande armoire qui occupe tout un pan de mur. La quantité de vêtements est plus importante que ce que nous avons constaté lors de nos précédentes visites. Normal, lui vit ici tout le temps alors que les filles n'y font qu'une étape. Sur des pantalons en jean, un ordinateur portable accapare mon attention. Je le prends avec précaution pour ne pas effacer les empreintes digitales qui immanquablement y sont posées, ainsi que le câble d'alimentation, et une webcam qui permet lorsqu'on se connecte avec un interlocuteur, de montrer son image. Je dépose le tout sur le lit défait. Derrière une pile de pull-overs, ma main se pose sur un objet métallique aisément identifiable. Le saisissant par le canon, je ramène un pistolet, un Walther P38. Cette arme de poing de fabrication allemande m'est familière, puisque j'ai la même, chez moi, cadeau de départ de mes anciens collègues, lorsque je bossais sur Paris. Actionnant la culasse, je compte huit projectiles en magasin. Korovac se sentait-il menacé, ou ce flingue avait-il uniquement pour objectif d'apeurer les filles et de les forcer à se soumettre ?

— Madame Grosko, hélé-je depuis la chambre, car l'interprète et Galina Lechevski sont dans le séjour, j'aimerais savoir si elle savait qu'il détient une arme et s'il l'utilisait pour l'intimider ?

Le temps du conciliabule, je vérifie le reste de l'armoire. Simon, lui, nous abandonne momentanément pour descendre l'ordinateur portable et ses accessoires, et aller chercher des scellés dans la voiture. Entre deux pantalons, je trouve trois passeports russes. Tous les trois comportent la photo de Korovak, mais sous des identités différentes : ils sont aux noms de Sergueï Dubrev, Youri Landroski, et Yvan Restenovic. Pratique pour disparaître et essayer de se fondre dans la masse si la situation devenait critique. Lequel correspond à sa réelle identité ? L'un de ceux-là, ou celui au nom de Vladimir Korovak ? Y en a-t-il même un à son vrai nom parmi les quatre ? Décidément, plus nous progressons, et plus le mystère s'épaissit. Nous avons encore devant nous de belles heures d'investigations. Entre deux autres pantalons, ce sont les passeports de cinq femmes que nous découvrons, dont les deux rencontrées dans la matinée et celle qui vit ici.

Dans le bas de l'armoire, il y a une grande valise noire, à la poignée métallique. Je m'en saisis et la pose près du lit, après m'être assuré qu'elle est vide, comme son faible poids tendait à le supposer.

— Elle dit qu'elle n'était pas au courant pour l'arme. Et pour les actes d'intimidation, comme pour les deux autres filles, il l'a violée dès qu'elle est arrivée. Il lui a dit qu'il la retrouverait si elle tentait de fuir. D'ailleurs, sans passeport, elle ne pouvait aller loin. Elle pouvait néanmoins sortir de temps en temps, pour aller faire quelques courses. Si les autres femmes sont venues pour gagner de l'argent afin d'aider leurs familles restées en Russie, elle a, pour sa part, suivi un homme dont elle était tombée amoureuse. Il lui a fait miroiter un voyage en France, mais dès le premier jour elle a été séquestrée pendant plusieurs semaines avant de finir par plier sous les viols et violences de ses bourreaux. Elle avait leur parole qu'au bout de deux ans ils la laisseraient tranquille, et qu'elle serait libre de s'installer en France, ou de repartir en Russie. Mais elle devait d'abord leur rapporter de l'argent pour rembourser la somme dépensée pour l'amener ici.

La nature humaine me file parfois la nausée. Quand bien même ma vie de flic m'en a fait voir de toutes les couleurs, je suis toujours sidéré par ce qu'un être humain peut imposer à un autre.

Lorsque Simon revient, je glisse le Walther P38 dans un sachet, en prenant garde de ne pas poser la main sur la crosse, sur laquelle malgré mes manipulations il doit y avoir les empreintes du prévenu. Simon agit de même pour les passeports.

Le reste de la perquisition est sans surprise. Galina est priée de réunir ses affaires, de même que Korovak – nous continuons à l'appeler comme cela parce que c'est le premier état civil que nous avons relevé – car son séjour derrière les barreaux risque de se prolonger. Le Russe désigne à Justin les pantalons, pull-overs et linges de corps qu'il emportera. Pour aider, Simon saisit la poignée métallique de la grande valise noire. Il va pour la poser sur le lit, quand il retient son geste et la secoue lentement.

— Vous avez entendu ?

Comme Justin et moi le regardons sans comprendre, il recommence à la secouer. Puis il la pose sur le lit, et se met à tâter la partie haute, celle qui se soulève lorsque la fermeture Éclair est ouverte. Insatisfait de son examen tactile, il la retourne et opère de même sur l'autre côté de la valise.

— Banco ! Ça ne m'étonnerait pas qu'il y ait un double fond.

Il la retourne encore, fait jouer la fermeture Éclair sur les quatre côtés, et l'ouvre. Il promène sa main sur le fond, à la recherche d'un défaut dans la couture ou d'une incision dans la toile qui garnit le fond.

Jetant un œil vers Korovak qui accuse le coup, je suis soudain moi aussi convaincu que Simon a raison, tout comme Justin qui s'encadre dans la porte de la chambre pour casser dans l'œuf toute tentative du Russe.

— Ici, fait-il. Juju, tu peux aller voir dans la cuisine s'il y a un couteau.

Le Martiniquais s'en va à grands pas, et revient immédiatement, tendant à Simon un petit couteau à lame pointue.

— Merci… Impeccable… Et voilà le travail !

Ayant pratiqué une ouverture sur une quinzaine de centimètres, il y glisse la main.

— Voyons à combien s'élève le bas de laine de monsieur, jubile-t-il en exhibant une liasse de billets de cent et de cinquante euros, et en la déposant sur le fond du bagage. Il y en a une autre… Voilà, tout est là !

— Comptez, les gars, qu'on puisse dire à Desmant pour combien il y en a.

— On en garde deux ou trois pour se faire un restau ? s'enquiert Justin avec le plus grand sérieux.

Simon et moi ne sommes pas dupes. On ne mange pas de ce pain-là. Nous ne pourrions plus nous regarder en face, si un jour on se servait plutôt que d'enrichir le Trésor Public.

Certes, personne ne le saurait. Au pire, ce serait la parole de Korovak contre la nôtre, celle de trois policiers bien notés contre les dires d'un homme sachant depuis une heure qu'il va passer plusieurs années en prison. L'IGS, l'Inspection Générale des Services, chargerait ses bœuf-carottes les plus perspicaces de nous épingler. Il nous suffirait à tous les trois de nier en bloc, et les soupçons, s'il y en avait, cesseraient tout de suite, mais qu'en serait-il de notre réputation, à nous en tant qu'hommes, mais également de la réputation du service et des flics en général.

Et puis, au fond de nous, quelle image chacun aurait-il de lui-même et de ses deux collègues ? Ce genre d'initiative mettrait à mal la douce camaraderie qui règne dans l'équipe depuis plusieurs années. Ce serait un irréversible coup de canif dans le contrat moral qui nous lie.

— Pas pour si peu, réfute Simon. Je l'ai toujours dit : jamais je ne deviendrais un voleur pour des babioles, mais si un jour il y a le pactole sur la table, je n'hésiterais sans doute pas à tout prendre, et vous ne me reverriez plus. Pour bibi, ce serait le soleil, du premier janvier au trente et un décembre !

— Allez, comptez, les gars ! On ne va pas y passer la journée.

À mon tour, je m'installe près de la porte désertée par Justin. Les traits durcis du visage de Vladimir Korovak dénotent que l'envie de fuir le taraude. Une retraite étant coupée, sans en avoir l'air il pivote la tête vers la fenêtre, et un instant je redoute qu'il ne prenne son élan pour s'y précipiter. Perdu pour perdu, sans doute doit-il estimer que la mort vaudrait mieux que des années au fin fond d'une geôle française. Heureusement, le lit contrecarre son plan, et Simon et ses quatre-vingt-dix kilos constituent un solide obstacle. Ce n'est pas que du muscle, mais la barricade ne se laisserait pas renverser sans réagir.

Sensible du dos, mon acolyte va pour s'asseoir sur le lit pour être plus à l'aise quand je le stoppe dans son geste en usant volontairement d'un vocabulaire moins conventionnel que d'habitude.

— Reste debout ! Simon, l'autre tordu mate vers les carreaux.

— Il veut se tirer ? Je suis prêt pour la bagarre. Tu le vois, celui-là ? fait-il en montrant son poing fermé au Russe. C'est avec plaisir que je te l'écraserais sur le nez.

L'intimidation fonctionne, car l'interpellé baisse les yeux vers le plancher, et se tient coi.

Quand Simon et Justin ont terminé, ils cumulent ce que chacun a compté. Justin énonce clairement :

— Dix mille euros tout ronds ! De quoi se payer de belles vacances.

— Mettez cet argent dans un autre scellé, et garder vos mirettes sur le client, je préviens Desmant.

Pour couper toute prise d'élan vers la fenêtre ou vers la porte, Simon adresse un coup d'épaule à Korovak, ce qui le fait s'étaler sur le lit la tête la première, ses mains menottées dans le dos l'empêchant de calculer sa chute.

— Ça, c'était juste pour rire. Maintenant qu'elle est complètement vide, fais ta valoche. Et ne lésine pas sur la quantité, tu n'es pas prêt de faire du shopping.

Galina Lechevski, dont le nom correspond au troisième billet SNCF, nous apprend qu'elle était à Angers la semaine précédente, pour y exercer ses charmes. Auparavant, elle a sillonné d'autres villes, mais lors de sa venue en France, il y a près d'un an, elle fut d'abord dirigée vers Lyon où, comme pour les autres proies, une femme lui avait remis un téléphone portable qui lui transmet les horaires de venue des clients.

Le fonctionnement du réseau de prostitution est parfaitement rodé. Et cela depuis un bon moment, semble-t-il. Combien de femmes comprend-il ? Impossible de s'en faire une idée, mais elles doivent être plusieurs dizaines, arrachées à leur pays natal, et vendant leur corps pour faire vivre ou survivre leurs proches demeurés en Russie.

La matinée a passé à toute vitesse. Certes, nous avons procédé à trois perquisitions, ce qui déjà nécessite du temps, mais ce qui nous galvanise c'est que nous ne revenons pas bredouilles. Notre plus grande fierté est d'avoir sorti trois filles de leur terrible destin, et d'avoir cumulé, contre Korovak et la femme qui depuis Lyon tire les ficelles, une quantité de témoignages et preuves qui, tôt ou tard, leur seront préjudiciables. Il reste à espérer que ce soit rapide car la mise à l'ombre de Korovak ne peut être camouflée durablement. Nous ignorons à quelle fréquence il rendait des comptes à ses supérieurs, mais il est urgent d'aller vite, avant que l'inquiétude ne gagne les têtes du réseau, qui effaceraient alors toute trace et s'évanouiraient dans la nature. Il est vraisemblable qu'eux aussi ont prévu un jeu de faux passeports pour disparaître, si d'aventure les autorités venaient à s'intéresser de trop près à leurs agissements.

*

Le planning de Barbara Grosko était tendu, aujourd'hui. Elle devait, entre autres obligations, donner cet après-midi des cours de russe au pôle universitaire

Pierre-Jakez-Hélias, à Créac'h Gwen. Sans faire état de la commission rogatoire, je parviens néanmoins à obtenir d'elle qu'elle nous assiste plus longuement que ce qui était initialement prévu. La gratifiant de mon plus beau sourire et d'une voix mielleuse, elle cède dès les premiers mots, et téléphone à la fac pour annoncer qu'exceptionnellement elle ne pourra pas assurer ses cours. Je vais moi aussi, user du bigophone pour avertir le juge d'instruction Hugo Desmant des derniers événements.

— Bon boulot, capitaine Moreau ! Merci de féliciter également votre équipe de ma part. Et maintenant, dans quelles directions allez-vous orienter vos investigations ?

— J'ai obtenu de la traductrice qu'elle nous accompagne toute la journée. Nous allons perquisitionner les deux meublés de Douarnenez, où je présume que nous devrions connaître le même résultat. D'un autre côté, le répertoire et la messagerie du portable de Korovak ne nous sont d'aucun enseignement, mais on peut espérer qu'il y aura des infos à glaner sur ceux des filles. Si c'est le cas, il y aura déjà de quoi s'occuper un bon moment pour traduire les messages et SMS en français, et ainsi établir les identités des appelants ou des appelés. À partir de là, il nous faudra établir les liens entre ces différentes personnes. Si nous n'y parvenons pas, nous confierons ces téléphones aux collègues spécialisés qui réussiront sûrement à faire parler ces appareils. Dans le même temps, nous devrons aussi nous assurer de la véritable identité du prévenu.

— Pour cela, je vous laisse le soin de formuler votre demande aux autorités russes via le canal Interpol. On peut raisonnablement penser qu'en Russie aussi, il a franchi la ligne rouge par le passé. Le temps de garde à vue sera épuisé avant de connaître son pedigree complet, mais ces informations nous seront sûrement utiles par la suite.

— Toujours au registre des téléphones, en attendant de découvrir qui est la femme qui, depuis Lyon, prend les rendez-vous pour les filles et leur communique ensuite jours et heures des visites, je souhaiterais qu'elle soit mise sous écoute. Elle ne s'est peut-être pas encore aperçue que Korovak et les trois filles basées sur Quimper sont aux abonnés absents. Ce sera facile de repérer son numéro sur les téléphones des jeunes femmes. Dans le cas contraire, si elle n'a pas remarqué qu'elles manquent à l'appel, si je peux me permettre ce mauvais jeu de mots, on peut espérer des indiscrétions.

— Vous avez mon accord pour la mise sur écoute. Mettez-vous en relation avec son opérateur téléphonique, pendant que je gère au plus vite l'aspect administratif.

— Merci, Monsieur le Juge. Nous allons aussi entrer en contact avec les propriétaires des meublés, afin de déterminer les conditions qui en ont permis la location. Ce sera une simple formalité que de remonter jusqu'à eux, puisque les noms sont inscrits sur les contrats de location.

— Ce ne sera pas compliqué, en effet.

— Quant à Korovak, que décidez-vous ? Sans vous forcer la main, il ne peut ressortir librement.

Au cours de ma carrière, les décisions du parquet m'ont parfois tellement stupéfait tant elles étaient en complet décalage avec la réalité que je préfère prendre les devants.

— Hors de question qu'il soit relâché ! Il prendrait la poudre d'escampette, et nous serions marron. Il y a des risques que nous ne pouvons courir. Après les perquisitions sur Douarnenez, vous me faites un rapport. Nous verrons alors si vous le déférez et l'amenez à mon bureau pour que je lui notifie son placement en détention provisoire, ou si des investigations supplémentaires seront nécessaires. D'ici là, vous et votre équipe, prenez le temps de déjeuner. À tout à l'heure, capitaine Moreau. Bon appétit.

Que c'est bon de se sentir épaulé ! Autant il m'est arrivé de râler à son sujet quand il tergiversait avant de trancher, autant aujourd'hui il prend le taureau par les cornes.

VI

Au commissariat, une fois le deuxième scellé contenant l'argent mis en sécurité dans le coffre-fort de mon bureau, et la valise de Korovak casée dans celui de Suzy, nous avons paré au plus pressé. Ne nous étant plus indispensable pour le reste de la journée, Korovak a retrouvé sa cellule, au rez-de-chaussée du commissariat. Avant que Suzy ne l'emmène vers le centre d'accueil des femmes en détresse, où il n'y aura à ce rythme, bientôt plus de chambre libre, Galina Lechevski a indiqué le numéro de téléphone de la mère maquerelle lyonnaise. L'opérateur téléphonique n'a pas fait de difficulté pour la mise sur écoute, et dans la demi-heure nous a fait parvenir par fax la liste des numéros de téléphone appelés et appelants des six derniers mois. Pendant que Simon allait nous acheter des sandwichs, Justin et moi avons épluché les relevés. Certains numéros revenaient inexorablement une fois par jour, le matin entre 9 et 10 heures, d'autres une à deux fois par semaine, à des horaires irréguliers. Nul besoin d'être prophète pour comprendre que les appels matinaux renseignaient les filles sur leur programme de la journée et de la soirée, et sur le nombre de clients et leurs exigences, alors que les autres émanaient vraisemblablement d'autres membres responsables du réseau. Le numéro de Korovak en faisait d'ailleurs partie. Un nouveau contact avec l'opérateur téléphonique consista à demander l'identité des propriétaires pour la totalité des numéros de téléphone. La réponse suivrait, mais nous devions patienter. Nous n'avions pas de certitude, mais la femme de Lyon devait avoir un autre portable, qu'elle utilisait pour son quotidien.

Après un repas en commun rapidement avalé, nous prenons la direction de Douarnenez dans deux voitures, prévoyant que deux autres femmes seront avec nous pour le trajet du retour. Dans la voiture où Barbara Grosko, Suzy, et moi, avons pris place, une conversation amicale s'engage. La Russe relate son apprentissage de la langue de Molière durant de longues études, là-bas de l'autre côté du rideau de fer, et ses fréquents séjours dans notre beau pays pour mieux en appréhender la culture et le mode de vie. Diplômée et nommée professeure de français, elle a enseigné durant de nombreuses années dans son pays, avant de choisir de s'installer définitivement dans l'Hexagone, il y a de cela une décennie. Elle a vécu huit ans à Paris, avant d'opter pour la Bretagne, une région découverte lors de vacances, et dont, elle le concède, elle aurait désormais du mal à se passer. Ce ne sont pas seulement les paysages qui lui plaisent, mais également la douceur de vivre et la cordialité des habitants. Elle s'empresse de ponctuer qu'elle apprécie plus que tout le climat tempéré, et les spécialités régionales dont elle se régale, à commencer par les crêpes et le kouign-amann. Fruits de mer et poissons sont souvent à son menu, pour le déjeuner ou le dîner. Épicuriens, tous trois, nous avons échangé au fil des kilomètres des recettes et de bonnes adresses.

À moins d'une demi-heure de route de Quimper, Douarnenez est une ville agréable. Comme Concarneau et d'autres ports du Sud-Finistère, Douarn', comme on la surnomme, a encaissé de plein fouet la crise de la pêche. Les Douarnenistes se battent pour sauver ce qui peut l'être encore, ne ménageant pas leurs efforts pour rester travailler au pays. Ici aussi, on est attaché à ses racines, à la famille, aux copains, à ses habitudes, à ce qui fait que pour rien au monde on n'émigrerait ailleurs.

Suzy connaissant très bien la ville, c'est sans tergiverser qu'elle nous conduit quartier de Kermarron. Il y a là de petits immeubles HLM, de quelques étages seulement. On est très loin de l'image des quartiers difficiles des grandes villes. Après une petite hésitation sur le bâtiment, nous nous garons. Même si nous agissons sous commission rogatoire, la courtoisie me dicte d'avertir la gendarmerie locale des perquisitions que nous allons mener. Le gendarme qui décroche me passe son supérieur hiérarchique, l'adjudant Balthazar.

— Bonjour, mon adjudant. Je suis le capitaine Moreau, de la PJ de Quimper. Je tenais à vous avertir que nous allons perquisitionner deux logements, sur votre secteur de Douarnenez.

— Bien aimable à vous de me prévenir. Où sont-ils situés ?

— Nous arrivons au premier, à Kermarron, et ensuite nous irons à Tréboul.

— Entendu. Souhaitons que les résultats de ces perquisitions correspondent à votre attente. Bon après-midi, capitaine Moreau.

Cette civilité accomplie, nous nous présentons devant la première volée d'escaliers. Au deuxième étage, Suzy actionne la sonnette. Pas un son de l'autre côté de la porte, pas un bruit de pas. Nous jouons de malchance cette fois, et après quelque vingt ou trente secondes et deux autres coups de sonnette, nous faisons demi-tour, nous promettant de revenir plus tard.

Le second meublé est situé à Tréboul. Pour ne pas raviver le courroux des uns et des autres, il convient de noter la différence entre Douarnenez et Tréboul, cette ancienne commune ayant été rattachée à sa voisine en 1945, en même temps que les communes de Pouldavid et Ploaré. Si ce n'est aujourd'hui qu'un quartier, qui recense tout de même plusieurs milliers d'âmes, ici on tient fermement à sa dénomination.

Si géographiquement seul l'estuaire de Pouldavid

les sépare, dans certains esprits chagrins subsiste une frontière.

Nous quittons la rue du président Salvator Allende pour parquer la voiture près d'une barre HLM toute proche.

— Ça sent l'arnaque, confie Suzy. Comme pour Kermarron, l'organisme qui gère ces logements n'est sûrement pas au courant de la location des appartements en meublés. C'est de la sous-location, ce qui normalement est interdit par le règlement.

— Ce n'est pas le plus grave délit que l'on puisse reprocher à Korovak et consorts, mais il faut convenir qu'il s'agit d'une prise de risque inutile. C'est incroyable comment cette histoire paraît parfaitement organisée, et cela depuis un bon moment, et de découvrir comment une simple boulette la met en péril. Ce qui nous a mis la puce à l'oreille, c'est cet imbécile de Korovak qui vole dans un supermarché alors qu'il avait beaucoup d'argent sur lui. Il faut être particulièrement naze pour agir ainsi.

— C'est clair ! La mécanique semble impeccablement huilée, pour le transport des filles, leur accueil, le retrait de leur passeport, les rotations, les prises de rendez-vous sous le couvert d'internet, la présence de Korovak et sans doute d'autres gars du même acabit dans d'autres villes pour les accueillir et leur ôter toute velléité de fuite, l'envoi de l'argent à Novossibirsk et sûrement aussi à Lyon… et à côté de cela, il y a une forme d'amateurisme ou de bêtise qui menace l'édifice. Parce qu'il ne faut pas se leurrer : tôt ou tard, les voisins se seraient aperçus que leurs voisines russes se succédaient à un rythme régulier, et qu'elles n'avaient pour toute visite que des hommes seuls, et cela pour une demi-heure ou une heure. Pas plus. Inévitablement il se serait trouvé quelqu'un pour les dénoncer.

— Entre la kleptomanie de Korovak et la sous-location des appartements conventionnés, l'aventure ne pouvait durer éternellement. Tôt ou tard, il y aurait eu un grain de sable. Tant qu'il sera en prison, le proxénète sera protégé, mais lorsqu'il sortira, dans un paquet d'années si les juges font correctement leur boulot, il aura intérêt à planquer ses abattis. Ceux qui tirent les ficelles de ce réseau voudront lui faire payer sa légèreté, et le manque à gagner qui en découle.

— Ajoutons à la facture le temps qu'eux aussi passeront en taule, si nous faisons bien notre taf, et l'addition sera corsée.

Il est effectivement évident que nous devons mettre la totalité du réseau hors d'état de nuire. Il ne suffit pas de couper un tentacule de la sinistre pieuvre, parce qu'il repoussera inexorablement, il faut lui couper la tête. Définitivement !

Barbara Grosko se contente d'approuver en branlant du chef. Comme pour mieux montrer qu'elle se sent elle aussi investie du pouvoir de mettre fin au martyre des filles, c'est elle qui pose un doigt autoritaire sur la sonnette et appuie durant trois secondes.

La porte, comme de juste, s'ouvre sur une femme aussi belle que les trois autres, que ce matin nous avons libérées du joug de leurs persécuteurs. Avant de céder la place à la traductrice, Suzy tente de nouer le contact en français. Pour notre bonheur, la Russe, puisque c'est bien sa nationalité, répond d'une voix à l'accentuation forte, ses paroles n'en demeurant pas moins compréhensibles.

Lorsque Suzy finit d'exposer le motif de nos investigations, à grand renfort d'éléments qui font que la femme ne peut que nous prendre au sérieux, celle-ci se met à table, en commençant par confirmer qu'Yvan, qui n'est autre que Vladimir Korovak, est bien l'homme à qui elle a eu affaire. Une certaine fébrilité, voire une fébrilité certaine, sous-entend qu'elle le redoute. D'ici à imaginer qu'elle ait subi des violences physiques et sexuelles… Pour tirer le meilleur de son interrogatoire, ma collègue eurasienne donne un nouvel axe à ses interrogations.

— Depuis quand êtes-vous ici ?

— Je suis arrivée il y a neuf jours. Je repars lundi. Pour Nantes, je crois.

Nous n'avons pas trouvé de billet de train à son nom. Faut-il en déduire que Korovak n'a pas eu le temps d'aller à la gare, ou qu'il remettait cela à plus tard ? Un bref conciliabule entre nous, puis nous procédons à la perquisition. C'est rapide, puisque, comme ses congénères, Jana Gargarine n'a pour toute richesse que deux valises sur roulettes. Lorsqu'une demi-heure plus tard je lui remets son passeport, elle s'en saisit avec une joie non dissimulée, ses yeux mouillés traduisant son émotion.

*

Cette première perquisition achevée, nous refluons vers les voitures. D'être accompagnés de trois femmes, toutes aussi jolies chacune dans leur genre, pourrait nous émoustiller, Simon, Justin et moi, si les circonstances n'étaient aussi dramatiques.

J'aurais aimé profiter de notre raid douarneniste pour me balader le long de la côte, ou sur le port de pêche, ou encore longer les rives de l'estuaire de Pouldavid, côté quai du Port-Rhu, pour admirer les bateaux de tous genres du musée à flot. J'aurais ensuite poussé vers le boulevard Camille Reaud pour me remplir les yeux du paysage à commencer sur l'autre rive par le charmant port de Tréboul, puis plus loin l'Île Tristant. Mais l'heure n'est pas à la promenade.

De retour cité de Kermarron, Suzy annonce qu'elle se sent fatiguée. Enceinte de quatre mois, sa grossesse se passe bien mais elle a parfois, à différents moments de la journée, comme un coup de mou. Nous décidons qu'elle reste près des voitures en compagnie de Jana pendant que Simon, Justin, Barbara et moi, montons voir si la prostituée – je déteste ce mot tout autant que péripatéticienne ou pire encore, celui de putain – est à son domicile transitoire.

Une fois de plus, le coup de sonnette se perd. Le deuxième aussi. Ce matin, par trois fois, nous avons eu la chance de rencontrer les locataires provisoires des meublés quimpérois. Cela n'aurait pas été un gros problème si nous avions dû repasser sur Quimper puisque nos bureaux sont sur place, mais comme nous sommes sur Douarnenez, ce serait dommage de repartir et d'être obligés de revenir dans la soirée ou demain matin. C'est ce dont nous débattons, Barbara et moi, en arrivant à la voiture.

Suzy et Jana Gargarine sont étonnées de nous voir si vite de retour. Alors que j'en explique la raison à ma collègue, la Russe, qui a capté le sens général de mes paroles, percute :

— Si vous voulez, j'ai un double de la clé de l'appartement de Diana.

Et comment que cela nous intéresse ! Avec un peu de bol, elle rentrera avant notre départ, durant la perquisition. Aussitôt prononcée, la proposition est tout aussitôt acceptée. De fait, nous y allons tous les six, Suzy se sentant mieux physiquement.

Tout en marchant, Jana cherche la clé dans son sac à main, et explique que Diana Ramirik et elle-même viennent de la même ville de l'Est de la Russie. Cet esprit de clocher a créé un lien entre elles, et c'est souvent qu'elles se sont déplacées ensemble en train pour des périodes de deux semaines dans plusieurs villes françaises. Diana est plus jeune, à peine vingt ans, alors Jana s'en occupe, un peu comme si elle était sa petite sœur.

Là-haut, c'est moi qui ouvre. J'entre le premier, suivi de Suzy une main sur le Sig-Sauer, pour peu qu'il y ait un comité d'accueil. Toutes les portes de l'appartement sont ouvertes, à l'exception de celle qui doit abriter les toilettes. Coup d'œil dans la cuisine, dans le séjour, tandis que Suzy se dirige vers la chambre et la salle de bains. Elle pénètre dans celle-ci quand, alors que j'allais faire signe aux autres d'entrer, elle m'interpelle :

— Oh merde ! Max, viens voir !

Je la fréquente depuis assez longtemps pour estimer au timbre de sa voix qu'il y a là du pas banal. En trois pas je la rejoins, aussitôt suivi de nos deux compères. Et pour du pas banal, c'est plutôt corsé. Étendue dans la baignoire, habillée puisqu'au moins vêtue d'un tee-shirt, les yeux fermés, le visage impassible, la jeune Russe s'est ouvert les veines. L'eau qui lui arrive au niveau du menton est d'un rouge qui ne trompe pas quant à la quantité de sang qui s'est échappée de son corps, jusqu'à lui en faire perdre la vie. Sur le sol, près d'une paire de sandalettes, la lame de rasoir qui a tranché chairs et veines est ourlée d'un liseré rouge de sang caillé. Suzy pose deux doigts sur le cou, à la recherche du pouls. Après de longues secondes, elle grimace et fait signe de la tête qu'il n'y a plus rien à faire pour la malheureuse. De deux doigts, je constate que l'eau du bain est froide. Il est bien connu que pour cette forme de suicide une eau chaude ou tiède est requise pour un départ plus agréable vers les cieux.

Près des sandalettes, une feuille de papier comporte trois lignes de l'alphabet cyrillique. Je l'attrape et recule, veillant ainsi que Suzy, à laisser le minimum de traces de notre passage, pour ne pas polluer la scène et simplifier le travail des TIC* de la gendarmerie. Pendant que Suzy s'attache à joindre l'adjudant Balthazar, je rejoins Barbara dans la cuisine et lui murmure de me suivre. Dans le couloir, je lui demande de traduire ce qui est écrit sur le papier.

— Je n'en peux plus d'assouvir ces porcs, lit-elle en détachant les syllabes. Je ne suis pas leur jouet. Je ne suis pas née pour cela. Jana, je t'en conjure, n'en dis jamais rien à mes parents. Eux non plus n'ont pas mérité cela. Adieu.

Jana, justement, du fait de notre absence et saisissant que nous conversons à voix basse, a parfaitement compris qu'il y a un gros problème. De même qu'elle a englobé qu'il ne peut que concerner sa jeune amie. Elle va pour se précipiter vers la salle de bains quand Simon la rattrape par le bras et la ramène en arrière.

— N'y allez pas. Ce n'est pas beau.

---

*Techniciens en Investigations Criminelles.

— Quoi ! Non ! Laissez-moi voir ! Je…

— Ce n'est pas un spectacle. Restez ici.

— C'est Yvan ! C'est lui qui l'a tuée !

Elle écume de rage avant d'ajouter :

— Je le tuerai, ce fils de chien !

Les vérifications des TIC s'imposent, avant d'accuser Korovak d'un meurtre qu'il aurait tenté de maquiller en suicide. Cela s'est déjà vu, et se verra encore, mais de simples observations peuvent occulter cette hypothèse… ou laisser planer le doute, conduisant alors à de plus intenses études.

De longues minutes étant nécessaires à Jana Gargarine avant d'être en mesure de s'exprimer, nous la confions à Barbara Grosko. Me repliant vers Suzy qui remet son téléphone portable dans sa poche, celle-ci résume la teneur de son coup de fil à la gendarmerie.

— L'adjudant Balthazar et ses hommes seront là dans quelques minutes. Tu as bien fait de l'aviser de notre présence, sinon, ça aurait été délicat de lui expliquer ce qu'on faisait ici.

— Oui. Ça me rappelle un slogan des années quatre-vingt ou quatre-vingt-dix : un coup de fil rend la vie plus facile !

À quelques mètres d'un corps, le caractère surréaliste de cet échange pourrait choquer, mais Suzy ne s'en offense pas, sachant pertinemment que c'est le propre de celles et ceux qui sont souvent confrontés au pire que de savoir dédramatiser en reléguant l'abomination à un second plan. Sans cela, nous serions tous dépressifs.

— J'étais trop jeune pour m'en souvenir, mais c'est clair qu'il n'aurait sûrement pas apprécié d'apprendre notre présence sur son territoire. D'autant plus que cette visite est couronnée par la découverte d'un corps. Tu as alerté le parquet ?

— Non, j'allais le faire.

Le « allô ! » du juge d'instruction Hugo Desmant est impersonnel, un peu comme s'il redoutait une mauvaise nouvelle, ou s'il voulait signifier à son interlocuteur que son temps est précieux, et qu'il n'entend pas le gaspiller pour des broutilles.

— Ici le capitaine Moreau, dis-je sans prononcer de bonjour puisque ce matin nous avons déjà conversé au téléphone. Comme convenu, voici mon rapport après les perquisitions sur Douarnenez. Nous avons visité un premier meublé, où nous avons découvert une femme, et dans le deuxième nous avons constaté qu'une de ses amies a mis fin à ses jours.

— Le suicide est-il avéré ? s'enquiert-il après un nécessaire répit pour surmonter sa stupéfaction.

— Elle a laissé une lettre dans laquelle elle énonce clairement son intention. Nous avons averti l'adjudant Balthazar, de la brigade de gendarmerie locale. Il prendra ses dispositions avec les techniciens en investigations criminelles pour confirmer cela. Je compte lui céder également le soin de convoquer un médecin pour confirmer le décès.

— Que d'événements depuis hier ! fait-il dans un souffle, sur le ton de l'étonnement. Et dire que cela a commencé par un simple vol dans un supermarché !

— Je dois avouer que je ne m'attendais pas à autant de rebondissements, hier soir, lorsque je suis allé faire quelques achats. Nous étions loin de nous douter de ce qui se passe dans nos petites villes au demeurant bien tranquilles.

— Il n'y a plus de villes ou villages tranquilles, capitaine Moreau. Cela se saurait, sinon. Tout peut arriver, et cela quel que soit le lieu. Tant mieux pour nous et ces pauvres filles si Vladimir Korovak a fait preuve de stupidité. Cela nous aura permis de mettre à jour le plus insoutenable supplice que l'on puisse faire supporter à ses contemporaines. Je pensais faire passer sa garde à vue de vingt-quatre à quarante-huit heures pour vous laisser plus de temps pour la rédaction de votre rapport, mais nous pouvons d'ores et déjà le mettre en examen.

— Je vais le signifier à son avocat.

— Entendu. Comment ça se passe, pour les traductions ? Vous arrivez à communiquer ?

— La présence d'une traductrice est indispensable. J'espère que vos finances autorisent ces dépenses.

— Accordé, puisque vous ne pouvez faire sans. Quels sont vos plans, maintenant, capitaine Moreau ?

— Nous attendons la venue de la gendarmerie locale, puis nous rentrerons sur Quimper. Après avoir enregistré la déposition de la femme qui occupait le premier meublé, nous irons la placer dans un centre social adapté à sa situation. Je me mettrai ensuite en relation avec la PJ de Brest, pour voir s'ils ont terminé les perquisitions dans les meublés de cette ville. Pendant ce temps, les brigadiers chefs Justin Débolo et Simon Jaouen iront interroger les propriétaires des appartements situés sur Quimper, pour connaître les conditions des locations. En fonction de tout cela, nous aviserons. Nous allons aussi procéder à des recherches sur Julie Person. C'est à ce nom que sont les locations des meublés.

— Ce programme va vous occuper le reste de l'après-midi. Je vous remercie de me tenir au courant des suites.

Il est cool, le juge d'instruction. Ce n'est pas toujours le cas. Sous la carapace, y aurait-il un cœur ?

Au salon, Suzy et Barbara Grosko entourent Jana Gargarine, la seconde la prenant contre sa poitrine et lui ceignant les épaules d'un bras amical. Les larmes taries et la voix ayant recouvré une acceptable vigueur, nous pouvons tenter de définir ce que furent les ultimes heures de Diana Ramirik.

— Quand avez-vous vu Diana pour la dernière fois ?

— Hier soir, vers 11 heures. Elle est venue chez moi boire un thé.

Les traditions se perdent. Avant, quand elles en avaient marre d'arpenter le trottoir ou entre deux clients, les tapineuses éclusaient de l'alcool fort dans des rades qui tenaient du coupe-gorge. Et cela pas seulement l'hiver, quand ça caillait dur. Pour tenter d'enfouir le désespoir au plus profond de leur âme, il leur fallait un coup de remontant avant de se remettre au travail. De nos jours, elles s'abreuvent de tisanes et terminent au chocolat chaud dans de douillets appartements. Je m'en veux de penser à ce parallèle – qui n'en est pas un en fait – et qui pourrait faire sourire si la situation n'était pas critique, mais mes pensées ont tendance à s'envoler vers du cocasse pour ne pas sombrer dans l'abattement.

Au milieu de toutes les affirmations, une certitude subsiste : le fameux Yvan, alias Vladimir Korovak, ne peut avoir tué la jeune Russe, car de 11 heures hier soir à maintenant, il était au fin fond d'une cellule du commissariat de Quimper ou en présence de policiers. Et de cela, nous sommes plusieurs à pouvoir témoigner.

— Yvan n'y est pour rien. Il était en garde à vue à Quimper toute la soirée et toute la nuit. On peut logiquement préjuger que votre copine Diana a volontairement mis fin à ses jours. À quelle heure est-elle repartie de chez vous ?

— À minuit, bredouille-t-elle, semblant avoir partiellement encaissé l'idée qu'elle ne verra plus jamais sa jeune amie. À cinq ou dix minutes près.

— Comment était-elle ? Vous semblait-elle prête à faire une grosse bêtise ?

La réponse tarde, non pas parce que la question nécessite réflexion, ou de peser le pour et le contre, mais parce que le cerveau de Jana Gargarine fonctionne au ralenti.

— Elle n'avait pas le moral. Le pays lui manquait. Ses parents aussi, et ses amis. J'ai essayé de l'amuser, mais elle n'avait pas le cœur à rire. Elle voulait que tout cela s'arrête, mais elle devait rembourser le voyage, et expédier de l'argent à ses proches pour qu'ils puissent vivre décemment.

Avachie sur le canapé qui n'est plus de la première jeunesse, c'est d'une voix lasse qu'elle ajoute :

— Je ne pouvais pas savoir. Sinon, je l'aurais gardée avec moi. On aurait dormi ensemble, et avant, on aurait bu pour oublier notre triste destinée.

Je lis sur ses lèvres parfaitement dessinées les derniers mots avant même qu'elle ne les prononce. N'en pouvant plus, elle éclate en sanglots, avant d'enfouir son visage dans ses mains.

*

À l'arrivée de l'adjudant Balthazar et de ses hommes, après l'examen visuel du corps qui repose toujours dans l'eau de la baignoire couleur rose soutenu, je livre au plus gradé les maigres éléments en notre possession. Un brigadier téléphone à un médecin, un autre à une compagnie de pompes funèbres pour l'enlèvement de la dépouille après l'intervention des techniciens en identification criminelle, et le transport vers l'hôpital de la Cavale Blanche, à Brest, où aura lieu l'autopsie.

Puisqu'il n'est pas indispensable que nous attendions les techniciens qui passeront l'appartement au crible, je prends mes dispositions pour que Balthazar me fasse suivre le fruit de ses investigations et de celles des techniciens, sans négliger le résultat de l'autopsie qui aura lieu demain. Quelques serrements de mains, les encouragements de circonstances, et nous descendons l'escalier.

Comme pour le trajet aller, Simon et Justin occupent une voiture. Suzy, Barbara Grosko, Jana Gargarine, et moi, montons dans la deuxième. Nous en avions pris deux, car nous pensions être sept pour le retour. Malheureusement, Diana Ramirik voyagera en corbillard.

VII

De retour à Quimper, nous faisons comme indiqué au juge d'instruction. Comme pour les trois femmes de ce matin, Suzy se charge d'enregistrer la déposition de Jana Gargarine, avant de l'envoyer les rejoindre. Pendant ce temps, Justin et Simon vont faire le tour des propriétaires des meublés. Nous n'en avons pas terminé avec les services de Barbara Grosko. Dans le bureau dans lequel ce matin nous avons interrogé Korovak, l'interprète a pour mission de "faire parler" les portables des filles, en épluchant les sms et en listant les numéros le plus souvent composés. Il nous appartiendra ensuite de nous pencher sur les personnes concernées.

Quant à moi, je m'isole dans mon antre. Je me livre à toutes sortes de recherches sur Julie Person, mais elles sont stériles. Ce serait un nom d'emprunt que je n'en serais pas surpris. Je suis sur le point de perdre espoir quand je découvre qu'il apparaît sur le Ficoba*. L'agence où elle possède un compte bancaire, et exclusivement un compte chèque, est à

---

*Fichier des comptes bancaires.

Brest, rue de Siam. Je suis tout de suite en liaison avec le directeur de l'agence, à qui je demande des renseignements sur la sociétaire. Il ne la connaît pas et peut seulement dire que tous les mois de l'argent est déposé sur le compte, et qu'il y figure divers virements vers d'autres comptes. Mentionnant que j'agis sous CR*, je lui demande de me faxer les relevés des trois derniers mois, ce à quoi il s'engage. Pendant ce temps, sur mon ordinateur, je remplis le formulaire-type d'Interpol afin d'obtenir des renseignements sur Vladimir Korovak. La rédaction du document ne se fait pas à la légère. Il convient de respecter une sorte de canevas, point après point, en choisissant des termes clairs et précis pour justifier de la requête. Je prends garde de ne rien omettre, évoquant également les identités sur les trois autres passeports, pour le cas où Korovak ne serait pas la vraie identité du proxénète. Plus que tout à l'heure, il me brûle de le revoir, celui-là. D'ailleurs, pourquoi attendre ?

Je descends les trois étages qui nous séparent pour rallier le rez-de-chaussée, et marche vers les cellules. Allongé sur le bat-flanc de la première, le gardé à vue ne daigne pas lever un œil vers moi. Une grande confiance paraît irradier de tout son être. Il a l'attitude du gars qui n'a rien à se reprocher, et qui plutôt que de brailler son innocence, attend

---

*Commission Rogatoire.

paisiblement que la police s'aperçoive de son erreur et le relâche en se confondant en excuses. Mais son comportement n'est pas adapté à la situation. Nous en savons d'ores et déjà bien assez pour qu'il croupisse en prison, et si quelqu'un peut se la jouer zen, c'est plutôt moi. Ce dont je ne me prive pas, parlant distinctement et à un rythme relativement lent pour qu'il me comprenne parfaitement.

— Vladimir Korovak, je sais que vous maîtrisez suffisamment le français pour me comprendre, alors pas besoin de la traductrice. Voulez-vous être interrogé, et voulez-vous répondre à nos questions ? Votre active participation aurait sûrement un impact positif sur le juge.

Sans me regarder, à gestes lents il retire son pullover gris et le pose en boule à côté de lui. Si le but était de montrer ses muscles, la démonstration est réussie. C'est un véritable colosse. Heureusement qu'il est retenu derrière de solides barreaux d'acier, sinon je ne donnerais pas cher de mon intégrité physique. Mais s'il dispose de la force, je ne suis pas démuni d'arguments pour le faire plier.

— Comme bon vous semble. Avec ou sans votre participation, notre enquête avance à grands pas. Alors, inutile d'attendre l'échéance des premières vingt-quatre heures de garde à vue pour la prolonger. Le juge vient de décider que vous êtes avec nous pour vingt-quatre heures supplémentaires… en attendant mieux. Au fait, nous avons découvert le corps de Diana Ramirik, dans son petit logement de Douarnenez. Nous y avons aussi découvert vos empreintes digitales. Dans un premier temps, vous étiez retenu sous le chef d'inculpation de vol à l'étalage, accessoirement de coups et violence si le vigile porte plainte, ce que je l'encourage vivement à faire. À midi, ça s'est commué en proxénétisme. Et ce soir, ce sera vraisemblablement pour meurtre. Vu la cause de la mort de Diana, on pourra y ajouter : avec préméditation.

Mon coup de bluff le perturbe. Il lève la tête et ouvre la bouche. Vicieux, je simule de ne pas m'en apercevoir et tourne les talons. Enfin, un talon seulement, puisque je stoppe mon geste lorsqu'il grommelle :

— Je n'ai pas tué Diana. Ce n'est pas moi. Je n'y suis pour rien.

Trois courtes phrases, c'est mieux que rien. M'implorant du regard, il cherche ses mots pour mieux clamer son innocence. Mais comme je peux pousser le vice à son paroxysme pour obtenir des résultats, je reste inflexible et stoïque, ne me préoccupant pas de son mal-être.

— Vous n'êtes pas disposé à vous montrer conciliant, nous verrons cela plus tard.

Cette fois, je tourne le deuxième talon, l'abandonnant à sa réflexion.

*

Suzy s'est finalement fait accompagner par Barbara Grosko, pour emmener Jana Gargarine rejoindre ses compatriotes. Elles sont quatre, désormais, à être sorties des griffes de la sinistre organisation qui les retenait dans un régime de semi-liberté et d'asservissement. La présence de la traductrice a plusieurs objectifs : rassurer les jeunes femmes, dans un premier temps, leur faire faire connaissance si elles n'ont jamais été mises en présence les unes des autres, ensuite, pour qu'elles se sentent moins isolées, et enfin consulter leurs téléphones portables. Autant dire que notre collègue eurasienne ne sera pas rapidement de retour. Il est même probable que nous ne nous reverrons que demain matin.

Il est convenu que les Russes conserveront leur mobile, pour que lors de l'appel de la mère maquerelle, demain matin, elles répondent et ne laissent rien filtrer du changement de la situation. Ceci nous accordera un délai, avant de déclencher la vague d'arrestations qui mettra fin à ce réseau. C'est ce que nous ambitionnons de faire, mais pour cela nous devons travailler. Vite, très vite, et efficacement.

Survenant au sommet de l'escalier, je me précipite en entendant sonner le téléphone de mon bureau.

— Allô !

— Salut Maxime, c'est Solène. Je te dérange ?

La capitaine Solène Bourbigot est une ravissante femme. Aussi ravissante qu'efficace dans son travail. C'est du moins l'avis que j'en ai tiré d'une expérience, l'année dernière, lors d'une affaire qui m'avait échu alors que j'étais, pour le Finistère, l'officier de permanence. Durant plusieurs jours, les antennes de police judiciaire de Brest et Quimper avaient travaillé de concert, et le résultat avait été à la hauteur de nos espérances*.

— Absolument pas. C'est toujours un plaisir de t'entendre, à défaut de te voir.

— Plaisir partagé, Max. Je voulais te prévenir que Claude est rentré chez lui. Il est malade, il ne peut plus arquer. C'est moi qui prends la relève.

— Quand je l'ai eu au téléphone, j'ai bien remarqué à sa voix qu'il n'était pas au top de sa forme. Il éternuait, il toussait… Son toubib l'a arrêté ?

— Oui, il lui a donné trois jours d'arrêt. Il reprendra lundi, s'il n'y a pas de complications.

— Souhaitons-le. Alors, où en êtes-vous de vos perquisitions ?

— Je rentre à l'instant au commissariat. Je vais te faire un rapport écrit, mais je voulais quand même te signifier verbalement nos constatations. Vous aussi vous avez trouvé des filles dans les meublés ?

— Oui… Nous avons eu un problème. Ce matin, nous avons perquisitionné dans trois logements sur Quimper. Et cet après-midi, nous sommes allés à Douarnenez. Nous avons libéré une fille, enfin je

---

*Lire *Escale forcée à Brest*, même auteur, même collection.

dis libéré, mais elle n'était pas vraiment consignée au domicile, dans le sens où elle pouvait sortir pour faire quelques courses. Dans le second meublé, par contre, la fille s'était suicidée.

— Oh non ! C'est terrible. Le suicide est avéré ?

— Pas encore, mais il y a de grandes chances que ce soit le cas. Elle a laissé une lettre manuscrite qui dévoile son projet de commettre l'irréparable.

— Ça me désole, cette misère. Pauvre fille.

— Moi aussi, ça me navre. Elle a quitté son pays et ses proches pour ce qu'elle croyait être une nouvelle vie, et elle est arrivée en enfer. Complètement désabusée, elle a fini par se foutre en l'air.

— Vie de merde ! Pour les autres, qu'est-ce que vous avez fait ?

— Elles sont dans un centre d'accueil. Ce n'est qu'une situation provisoire, mais au moins elles sont à l'abri.

Un étrange répit, puis Solène reprend la parole :

— Les collègues se chargent de les diriger vers un centre équivalent, ici à Brest. Mais nous aussi, nous avons un problème : il y en a une qui s'est volatilisée. J'hésitais à faire intervenir un serrurier pour ouvrir la porte du logement, mais la propriétaire du meublé habite dans le même immeuble. Elle nous a ouvert, car elle possède un double de la clé. Bref, la perquise n'a rien donné, car il n'y avait aucun effet personnel.

Je comprends son silence, qui lui a donné le temps

de réfléchir sur la manière dont elle allait me présenter la mauvaise nouvelle.

À mon tour, je laisse un ange passer, avant d'émettre :

— Tu es sûre qu'elle a mis les bouts ?

— Oui, il ne reste rien dans l'armoire, rien dans la cuisine. Une autre fille la connaît. Comme elle parle un peu le français, elle a expliqué que sa copine ne supportait plus cette vie. La semaine dernière, elles étaient à Vannes, et elle lui a confié qu'elle allait se tirer à la première occasion.

— Elle n'ira pas loin, sans passeport. Elle ne pourra jamais embarquer dans un avion et repartir pour la mère Russie. Ni même dans un train. Tu as son identité ?

— Oui, sa collègue me l'a donnée. Elle se nomme Victoria Petrov.

— Une photo ?

— Oui. En pied, pas en portrait. Tu veux que je me charge de lancer une fiche de recherche ?

— Oui, je veux bien, s'il te plaît. Je pense à un truc : à Quimper, nous avons trouvé uniquement les passeports des filles placées sur Quimper et Douarnenez. Il n'y avait pas ceux des filles de passage à Brest.

— Et ils ne sont pas non plus en leur possession, sinon toutes auraient déguerpi, ou nous les aurions trouvés dans leurs bagages, leur sac à main, ou leurs vêtements.

Tous les deux, nous nous taisons pour cogiter. C'est à nouveau elle qui rompt le silence :

— Ce qui pourrait vouloir dire qu'il y a à Brest des gens qui conservent leur passeport pour les empêcher de fuir.

— Il peut y avoir plusieurs personnes, ou une seule, comme ici à Quimper.

En aparté, et je suppose que la capitaine Bourbigot en tire la même conclusion, je me fais la réflexion qu'ils sont peut-être en possession de Korovak, si lui seul couvrait le département. Mais alors, pourquoi ne les aurait-il pas rangés avec les autres ? Un autre point à éclaircir.

— La femme en fuite parle correctement notre langue ?

— Non, réplique Solène. Excepté si elle sait à quelle porte amie frapper, c'est ce qui va certainement lui compliquer la vie. D'après les autres femmes, elle est arrivée il y a un peu plus d'un mois, ce qui est court pour emmagasiner assez de vocabulaire pour pouvoir se débrouiller.

— Tu n'as pas tort. Et cela à plus forte raison si elle ne pouvait pratiquer librement. Ses journées et ses soirées étaient rythmées par les rendez-vous des clients. Difficile dans ces conditions de prendre des cours.

— Oui, et les échanges avec les clients devaient se limiter à quelques mots, et sans doute à peu de chose près les mêmes mots ou les mêmes phrases. On peut donc supposer qu'elle ne courra pas longtemps.

— Je pense à autre chose : tu as déjà entendu parler d'une certaine Julie Person ?

— Non. Qui est-ce ?

— Les locations de meublés sont à son nom. Elle est cliente d'une agence bancaire de la rue de Siam. Attends une seconde, s'il te plaît…

De ma messagerie, j'ouvre le mail adressé par le directeur de l'agence et lance l'impression.

— Voilà, Solène, j'y suis presque. La banque m'a envoyé les relevés des derniers mois. Le directeur a mis un mot indiquant qu'invariablement, tous les mois il y a un dépôt de plusieurs milliers d'euros en liquide. Cette somme couvre les retraits. Attends… il y a neuf virements chaque mois, soit autant de virements qu'il y a de meublés. Oh là là ! Il va falloir qu'on vérifie, mais d'ici à ce que ce soit une fausse identité…

— Donc pas moyen de remonter à cette Julie Person.

— Je le crains. Je vais me pencher là-dessus, mais je m'attends au pire. Il y a une adresse, pour cette dame. Tu peux y faire un saut ou en charger une équipe ?

— Bien sûr ! Si elle est chez elle, on la serre ou pas ?

— Oui ! Sans hésiter.

Je lui transmets l'adresse en question. Quelques

minutes encore, puis nous raccrochons. M'appuyant au dossier de mon fauteuil, je ferme les yeux, comme si cela m'aidait à réfléchir. On peut en effet considérer que Victoria Petrov se fera repérer tôt ou tard, mais plusieurs points jouent contre nous. Comme nous ne connaissons pas l'étendue et la variété de sa garde-robe, toute description vestimentaire est inutile. Et contrairement aux hommes qui pour la grande majorité ont les cheveux courts, ou parfois n'ont plus un cheveu sur la tête, une femme peut changer son apparence en peu de temps. Une brune à la longue chevelure frisée peut en deux temps trois mouvements se muer en blonde au carré impeccable à la hauteur des épaules ou des oreilles. Une paire de lunettes, et vous passez à côté d'une connaissance sans y faire attention. À l'inverse, si en temps normal elle porte des lunettes et ne peut s'en passer, des lentilles et le tour est joué. A fortiori si les lentilles lui font les yeux bleus alors qu'ils sont naturellement marron, ou vice-versa. Mais cela n'est valable que pour se déplacer. Pour obtenir de nouveaux papiers, il lui faudrait se rendre à l'ambassade de Russie, à Paris, mais quel serait l'accueil ? Comment les diplomates interpréteraient-ils sa venue ? Feraient-ils preuve d'humanité, ou au contraire la refouleraient-ils hors de leurs bureaux, comme une malpropre, la condamnant à errer sans but, sans espoir de retour au pays ? Impossible de prédire quelle serait leur conduite !

Réfléchir est indispensable, mais vient le moment d'agir.

— Allô, Justin. Tant qu'à aller chez les proprios des meublés de Quimper, demandez-leur comment ils se font payer la location. J'ai ma petite idée là-dessus, mais je voudrais une confirmation.

— On est justement chez le premier de notre liste.

— Bien. Renseigne-toi sur le sujet.

— La dame dit qu'il y a un virement tous les mois.

— D'accord. Quel est son numéro de compte bancaire ?

En deux minutes ce point est réglé, le numéro correspondant à un compte crédité à partir de celui de Julie Person. Il conviendra de le vérifier avec chaque loueur, mais il semble bien que le dépôt mensuel correspond au montant des locations.

J'attrape ensuite les relevés téléphoniques et vais en faire des photocopies. Munis d'un surligneur, je me mets à comparer les appels et leur fréquence. Me disant que rapidement les feuilles deviendront incompréhensibles car elles seront recouvertes de jaune, j'opte pour une autre technique. Je prends le relevé concernant Vladimir Korovak et note un premier numéro de téléphone, et d'un trait à peu près droit je dresse deux colonnes pour séparer les appels entrants et sortants. En quelques minutes, il apparaît que le Russe est régulièrement en communication avec trente interlocuteurs, dont deux sont à l'étranger. Une courte recherche sur l'indicatif qui précède les deux numéros dévoile que ses contacts sont en Russie. Probablement que l'un correspond à l'individu à qui Korovak expédiait de l'argent via la Western Union, ce Boris Ouklov qui, à Novossibirsk, s'est enrichi de huit mille cinq cents euros en deux semaines seulement. L'autre numéro doit être celui d'un ou d'une proche, à qui de temps en temps il donne de ses nouvelles. Cela restera à démontrer, mais je sens bien, ces éventualités. Un troisième numéro concentre seulement des appels reçus. J'inscris les dates et heures, et leur durée, avant de passer au quatrième numéro…

En une heure trente, j'ai pu mettre en évidence que la fréquence des appels est cyclique. Je suis persuadé que cela concorde à la présence de certaines femmes sur le secteur que Korovak était chargé de surveiller. Il y a ainsi vingt-trois numéros, qui se regroupent cinq par cinq, comme le nombre de meublés sur Quimper et Douarnenez. Il est en relation avec cinq numéros pendant deux semaines environ, puis il n'y a plus de contact durant de longues semaines, qui doivent correspondre au départ des femmes pour d'autres villes du grand Ouest. Ce sont alors cinq autres numéros avec qui il est relativement souvent en contact, et ainsi de suite toutes les deux semaines. Les numéros des quatre jeunes femmes libérées aujourd'hui, et celui de Diana

Ramirik, m'ont aidé à définir ce fonctionnement. Il s'avère aussi que Korovak a passé deux appels à une société pour se faire livrer des pizzas, et un autre, vers une concession automobile. Reste deux numéros, dont il ne sera pas difficile d'identifier les correspondants par l'intermédiaire des opérateurs téléphoniques.

Le bruit des pas de Simon et Justin trouble la douce quiétude qui régnait. Ils viennent directement à mon bureau, et tout de suite résument leurs visites aux propriétaires des meublés.

— On n'a pas traîné en route, dit Justin en s'asseyant sur la chaise habituellement dévolue aux individus que je passe à la moulinette de mes questions, après une interpellation. Les proprios étaient chez eux. Tous sont francs du collier. L'un d'entre eux loue son meublé depuis trois ans, les deux autres depuis plus d'un an. Ils sont satisfaits de leurs locataires, jamais il n'y a de retard pour le règlement qui se fait par virement. Comme le premier, les numéros de comptes sont sur la liste que tu m'as donnée.

— Ils étaient loin de se douter de ce qui s'y tramait, ponctue Simon en s'adossant à la fenêtre. Sinon, ils auraient été les premiers à venir nous raconter leurs déboires.

— Ils sont fiables ?

— À cent pour cent ! positive Simon en croisant les bras tandis que Justin approuve en hochant la tête. Il y en a un qui a un peu plus de soixante-dix balais, et les deux autres sont des femmes un tantinet plus jeunes.

— C'est certain qu'ils n'ont pas le profil des clients de ces femmes. On peut leur faire confiance.

L'opinion des deux brigadiers chefs ne saurait être mise en doute. Une petite interrogation, pour mieux cerner les rôles.

— Vous leur avez montré la photo de Korovak ?

— Oui. C'est lui qui était venu visiter les appartements. Ils l'ont reconnu sur la photo que nous leur avons montrée.

— Comme on les a titillés, sourit Simon, les trois ont avoué que le Russkof avait réglé les deux premiers loyers en liquide, bien évidemment non déclarés aux impôts.

— Ça pouvait être aussi une façon d'acheter leur silence.

— Non, fait fermement Justin pour balayer mon objection. Je te garantis que ce n'est pas leur genre. Ils voyaient là le moyen de ne pas augmenter leur impôt sur le revenu, mais ils ignoraient tout de ce qui se tramait dans leurs appartements.

Soit, la cause semble entendue ! L'arrivée de Suzy met un terme à cet échange. N'étant pas adepte du sac à main, même si elle revendique sa féminité, et plus encore la cause féminine, notre équipière n'a pas besoin de faire un crochet par son bureau pour s'en délester.

— Eh bien, il y en a qui sont tranquilles pendant que nous nous démenons, Barbara et moi !

Nous la connaissons assez pour savoir qu'elle n'a aucune crainte quant à notre investissement. Ce n'est là qu'une entrée en matière avant de prendre la parole plus durablement, pour exposer ce que furent ses dernières heures. Mais si nous sommes coutumiers du fait, cela n'empêche pas Justin de ruer dans les brancards, sans toutefois y mettre de la hargne.

— Elle est bien, elle ! Tu étais bien peinarde à boire un café ou un thé avec les Russes, quand elles prenaient leurs marques dans leur nouveau pied-à-terre ou discutaient entre elles du calvaire qu'elles ont enduré, et pendant ce temps Simon et moi nous parcourions Quimper dans tous les sens, de Kerfeunteun à Penhars, de…

— Mais oui, bien sûr ! Tu n'en as pas une autre ! Planqués, va !

Je vais devoir montrer qui est le boss, pour mettre un terme à leurs atermoiements.

— Du calme, les enfants. Vous vous chamaillerez plus tard. Avant que je vous envoie faire vos devoirs et ranger vos chambres, vas-y Suzy, raconte ce que ça donne du côté des filles.

Un haussement des épaules en direction de Justin, et l'Eurasienne se lance.

— Tout d'abord, Barbara Grosko gare sa voiture, et elle nous rejoint. Elle ne pourra être avec nous demain matin. Elle donne des cours à la fac. Elle m'a dit qu'ensuite, elle irait voir si ses quatre compatriotes ont besoin de quelque chose. Maintenant qu'elle a découvert comment elles étaient exploitées, elle les prend en pitié et veut les aider autant qu'elle le peut, dans la mesure de ses moyens. Elle ne roule pas sur l'or, mais elle est prête à ébrécher sa tirelire pour leur bien-être. Dans le même temps, elle va se renseigner sur les démarches administratives pour qu'elles puissent rester en France. Rien ne dit qu'elles le souhaitent vraiment, mais mieux vaut s'y coller assez tôt.

— Ça part d'un bon sentiment, mais elles ne disposent pas du statut de réfugiées politiques. Enfin, c'est son affaire. Dommage qu'elle ne soit pas présente demain matin quand la mère maquerelle lyonnaise appellera les filles pour leur donner le programme de la journée. Elle aurait pu nous apprendre si l'une avait failli, en ne contenant pas son émotion, ou en ne paraissant pas dans son état normal. Ça pourrait lui mettre la puce à l'oreille, et imposer à toute l'organisation de se mettre en sommeil.

— Elle ne peut vraiment pas. Elle doit assurer ses cours, sinon elle va perdre son poste à la fac.

— Je vais voir si le traducteur à qui nos collègues de Brest ont fait appel peut venir jusqu'ici demain matin. Il y a un trop gros risque que nous ne pouvons courir.

— C'est vrai qu'elles doivent être épaulées pour se sentir plus fortes. Aujourd'hui elles avaient Barbara, mais demain matin… Je me suis aperçue que Barbara est très humaine. Face à l'inacceptable, elle est prête à renverser des montagnes pour aider ses compatriotes. Au fait, Max, elle a ton numéro de portable. Si tu as besoin d'elle, elle te bigophonera. Heu, faut que je dise : quand elle a dit qu'elle avait ton numéro, elle avait une lueur dans le regard ! Tu lui as tapé dans l'œil !

— Au besoin, questionne Simon en prenant volontairement un air abruti, ça couvre aussi les fantasmes, ou ça se limite à l'enquête et à son job de traductrice ?

C'est tellement convenu que je me demandais lequel allait balancer une plaisanterie de ce genre.

Sans faire écho aux trois éclats de rire, je me compose un visage morne et expire en gonflant les joues, pour exprimer que l'insinuation est sans fondement.

— Si, Max, on a tous remarqué comment elle te collait aux basques.

— Justin, tu ne vas pas t'y mettre, toi aussi. Vous êtes lourds, les gars ! Allez Suzy, continue !

— Donc, Barbara ne sera pas dispo' demain matin, mais si dans l'après-midi on a besoin d'elle…

— Encore besoin ! coupe Simon. Elle sait se rendre indispensable, la coquine.

— Vous arrêtez ! Vous commencez à me gaver, tous les deux !

J'ai dû y mettre le ton, car dans la seconde ils redeviennent sérieux et se tournent vers Suzy, l'implorant muettement de poursuivre, et par ses explications de faire baisser le climat de tension qui s'est instauré. C'est ce qu'elle fait.

— Le centre qui héberge les quatre femmes va mettre en branle la lourde machine administrative pour trouver une solution durable, mais d'ores et déjà la directrice prévient : elles ne peuvent y demeurer plus d'un mois. Leur situation est compliquée, car elles ne sont ni réfugiées politiques, ni migrantes. Dès demain matin, la directrice va se renseigner, pour savoir si elles peuvent travailler sur le sol français. Certes, elles sont rentrées légalement, mais elles ont plutôt un statut de touristes que de travailleuses. Elle va faire jouer ses contacts, et tenter de négocier au mieux.

— Psychologiquement, comment vont-elles ?

— C'est confus, dans leur tête. Elles sont complètement paumées et ravies d'avoir échappé à leurs bourreaux, mais dans le même temps elles ne savent pas quoi faire de cette liberté. Cette liberté est d'ailleurs toute relative, car elles peuvent très vite être mises dans un avion, et retour en Russie. Bref, elles sont libres, mais fébriles, car elles ne savent pas de quoi demain sera fait. Si on ajoute la mort de leur jeune compatriote, dont j'ai eu confirmation que seulement Jana Gargarine la connaissait, essayez d'imaginer comment ça peut être embrouillé dans leur cerveau. Elles passent de la joie à la tristesse en moins de temps qu'il ne faut pour le dire.

— C'est clair que ce ne doit pas être simple à vivre. Autre chose ?

— Non, rien.

— Assez pour aujourd'hui, alors. Je crois que nous avons mérité de rentrer chez nous pour un peu de repos. La nuit portant conseil, on fait le point demain matin.

Ils ne sont pas sortis de mon bureau que je regrette mon agacement, quand tout à l'heure ils se moquaient du béguin de la traductrice à mon égard. Je ne suis pas le dernier pour plaisanter, mais sur ce coup-là, j'ai réagi au quart de tour, et ce, de manière disproportionnée. Sûrement parce que l'empressement de la Russe me met mal à l'aise, même si ce n'est pas là une raison suffisante.

La sonnerie de mon téléphone retentit, refoulant à plus tard, ou à jamais, une étude approfondie de mon comportement, et de ce que je ferai à l'avenir pour arrondir les angles et amoindrir mon coup de gueule inopportun. Tiens, si demain matin j'ai cinq minutes d'avance, je me fendrai de petits pains au chocolat ou de croissants. L'adjoint de sécurité en poste à l'accueil du commissariat m'avertit que Barbara est arrivée. Je l'invite à la faire monter. À peine raccroché, une nouvelle sonnerie.

— Allô !

— Capitaine Moreau, ici l'adjudant Balthazar, de Douarnenez.

— Comment allez-vous, mon adjudant, depuis le début d'après-midi ?

— Bien, merci. Je voulais vous aviser du fait que les études des techniciens en identification criminelle ne mettent pas en lumière un homicide. Sauf avis contraire, nous orienterons notre rapport vers un suicide.

— C'est bel et bien ce que nous redoutions dès le départ.

— La lettre laissée à l'intention de son amie Jana plaide effectivement pour cette triste fin. Le corps de Diana Ramirik a été transporté à l'hôpital la Cavale Blanche, où il sera autopsié demain après-midi. Nous verrons alors si la légiste valide définitivement ce résultat, ou s'il subsiste une suspicion d'homicide.

— D'accord. Merci de m'alerter si Margot Besson soupçonne effectivement un meurtre.

— Je n'y manquerai pas, Capitaine.

— Et par la suite, merci de me faire suivre le rapport des TIC, ainsi que celui de l'autopsie lorsqu'il sera complet.

— Je demanderai aux services compétents de vous en faire une copie. Bonne soirée, Capitaine Moreau.

— À vous aussi, mon adjudant !

Je vais accueillir Barbara en haut des marches, et ensemble nous marchons jusqu'à mon bureau.

— Suzy m'a dit que demain matin vous serez à la fac, mais ce soir, avez-vous encore un moment à me consacrer ? Je ne voudrais toutefois pas abuser de votre temps.

— Oui, bien sûr. Je n'ai rien de pressé, ce soir, et personne ne m'attend.

J'entrave à sa façon de le dire qu'une proposition à dîner serait la bienvenue, et plus si affinités. Je feins de ne pas m'en apercevoir, et illico je repars vers la sortie.

— Merci, c'est gentil. Vous nous rendez un énorme service. Je reviens dans une minute.

Au même étage, une porte sépare nos bureaux de ceux des personnels de l'identification judiciaire. Avec un peu de chance, tous ne sont pas partis.

— Il y a quelqu'un ? hélé-je à la cantonade, car je ne voudrais pas m'y hasarder si c'est désert.

— Oui, je suis là !

Reconnaissant la voix de l'agent spécialisé Martine Durham, je me dirige vers son bureau.

— Ben alors, Martine, toujours au boulot !

— J'en ai marre ! Je suis de permanence, alors tant qu'à faire je reste un peu ce soir pour m'avancer sur les dossiers en cours. Il ne manquerait plus qu'il se passe un truc cette nuit, et là ce serait la totale.

— Je viens voir si tu as eu le temps de t'intéresser à un ordinateur portable que Simon a déposé en fin de matinée.

— Oui, il est là. J'ai relevé des empreintes digitales, et ça a matché : ce sont bien les empreintes de Vladimir Korovak. Idem pour la webcam et le Walther P38.

— Je présume que ça n'a pas été sans souci que de relever ses empreintes. Tu n'es pas allée seule dans sa cellule, j'imagine.

— Si. Tu ne crois quand même pas qu'il me fait peur, ce loustic ! Mais non, rigole-t-elle en constatant ma surprise, je n'allais pas prendre de risque inutile. Tu as vu le beau bébé, il pourrait m'assommer d'un simple revers de la main.

— Tu me rassures. Je peux reprendre l'ordi ?

— Il est à toi. Tu en fais ce que tu veux.

— Merci. Tu restes là jusqu'à quelle heure ?

— Je ne sais pas trop. J'ai hâte de voir le clocher de l'église de Melgven, mais il faut que j'avance dans mon boulot en retard si je ne veux pas être débordée.

— Bon, je le ramène peut-être tout à l'heure. Suivant ce que je trouve, je le garde ou je le mets sous scellés. Bon courage, ma grande !

— Merci Max. Salut !

Dans mon bureau, tandis que je branche l'appareil, j'explique à Barbara ce que j'attends d'elle.

— Il est acquis que cet ordinateur portable est celui de Korovak. J'aimerais accéder à sa messagerie, et que vous traduisiez la teneur des messages qu'elle contient. Suzy m'a dit que vous serez absente demain matin, alors pendant ce temps j'en profite pour voir si je peux obtenir un remplaçant.

Reprenant le combiné, je compose le numéro de l'antenne de la PJ de Brest, que je connais par cœur, même à notre époque où les numéros sont impeccablement classés dans le répertoire de nos portables et attendent une pression de phalange pour nous mettre en relation.

— Solène, c'est encore Max. Ton traducteur russe est-il disponible demain matin ?

— Je pensais le réquisitionner, mais ça peut attendre l'après-midi si tu n'en as besoin que le matin.

— Ce serait sympa. Tu peux le contacter, et lui demander d'être dans nos locaux à 8 heures 30 ?

— Pas de souci.

— Nickel. Comment se nomme-t-il ?

— Wenceslas Pontor. Si j'ai bien compris sa situation, il tire la langue, financièrement parlant, alors c'est certain qu'il sera ponctuel. Tu verras, il est très bien, cet homme.

— Merci Solène.

— J'allais justement te téléphoner. Il n'y a pas de Julie Person à l'adresse indiquée sur tes contrats de location. Elle est inconnue au bataillon.

— Une fausse adresse, pour brouiller les pistes.

— On s'est tapé une enquête de voisinage, personne ne connaît Person.

— Ça nous fait au moins sourire, c'est déjà ça. Merci pour tout, Solène. Bonne fin de journée, et surtout bonne soirée. Bye !

Une mauvaise nouvelle de plus. Eh bien tant pis. Je reviens près de Barbara, assise devant l'ordinateur portable. Non seulement la présentation de la messagerie n'est pas la même que celle que j'utilise habituellement, mais de plus l'alphabet cyrillique fait que ce que je vois m'est totalement étranger.

Avec mon accord, Barbara ouvre un premier message, et explique :

— J'ai choisi celui-là, parce que pendant que vous étiez au téléphone, j'ai remarqué qu'il y en a d'autres de cette même personne dans les messages envoyés. Cela signifie qu'ils sont souvent en conversation. Il a été transmis peu avant 18 heures, par une femme du nom de Martina Nemdori. Il y a écrit… « *Qu'est-ce que tu fais ? Appelle-moi*. »

— Attention, Barbara, il faut transcrire rigoureusement. Nous allons peut-être être amenés à converser avec elle, en nous faisant passer pour Korovak, alors il vous faut être vigilante.

— D'accord. En fin de compte, ce n'est pas écrit « *Qu'est-ce que tu fais ?* » C'est plus vulgaire, un peu comme « *Qu'est-ce que tu fous, bordel de merde* ! »

Elle a rougi en prononçant les mots fleuris, qui ne sont pas à son registre habituel.

— Ce qui signifie que Nemdori et Korovak ne se donnent pas la peine de converser en un vocabulaire élaboré. Ce n'est pas étonnant, vu leur activité. Que disent les autres messages de cette femme ?

— Je regarde…

Parcourir les messages reçus mis à la corbeille et les messages envoyés nécessite plusieurs minutes. Je la laisse travailler et compose le numéro de téléphone de Hugo Desmant, avant de m'isoler dans un autre bureau.

— Monsieur le Juge, ici le capitaine Moreau.

— J'attendais votre appel, les premières vingt-quatre heures de garde à vue arrivant bientôt à leur terme. Alors, où en êtes-vous ?

J'entreprends de résumer la situation, annonçant l'autopsie du corps de Diana Ramirik pour le lendemain, la venue du traducteur Wenceslas Pontor pour la matinée et l'indéniable obligation d'identifier les deux numéros de téléphone avec lesquels Vladimir Korovak est souvent en conversation sans oublier la confirmation que celui-ci parle notre langue, et qu'il commence à se montrer friable. Dans un second temps, j'évoque les avancées de l'antenne brestoise.

— Pas de problème, Moreau. En fonction de tous ces éléments, et comme je l'affirmais déjà cet après-midi, la garde à vue passe de vingt-quatre à quarante-huit heures. Vous vous en doutiez, je pense, pour avoir prévu un traducteur pour demain. Vous pouvez contacter l'opérateur téléphonique en usant de la commission rogatoire, afin d'obtenir les renseignements que vous jugerez utiles à la finalité de votre enquête.

— Merci, Monsieur le Juge.

— Poursuivez vos investigations, et ne manquez pas de me communiquer vos informations.

— Cela va de soi. Bonne soirée, Monsieur le Juge.

Le temps de cet intermède, Barbara Grosko a tout assimilé de la messagerie de l'ordinateur. Elle en fait une synthèse :

— Lui non plus ne fait pas d'effort pour choisir ses mots. Il parle des femmes comme si elles n'étaient que de la marchandise. Cette femme est bien sa correspondante. C'est elle qui, à Lyon, est en lien avec les clients. C'est aussi elle qui décide dans quelle ville les filles se déplacent.

— Vous en êtes certaine ?

— Oui. Il ne peut en être autrement, selon ce que je lis. Dans certains mails, elle le prie de surveiller étroitement l'une ou l'autre. Dans d'autres, elle lui promet l'arrivée d'une nouvelle qu'il faut dompter, quitte à utiliser la violence, pour la mettre au pas et la forcer à travailler.

— Quelle bande de salopards. Nous n'allons pas prendre le risque de laisser Korovak lui téléphoner, il vendrait la mèche. Mais comme il ne faut pas qu'elle se doute qu'il est entre nos mains, par mail, vous allez vous faire passer pour lui. Exprimez-vous comme lui, et dites que vous avez perdu votre portable, et que votre voiture est en panne, ce qui vous a fait perdre du temps. Cela endormira sa confiance.

Elle est en train de pianoter sur le clavier quand j'ajoute :

— En conclusion, soyez rassurante en indiquant qu'il ira dès demain acheter un autre portable.

Le mail expédié, nous restons près d'une demi-heure à attendre une hypothétique réponse. Barbara explore le reste de la messagerie, relevant par exemple des mails réguliers avec Boris Ouklov, celui à qui il expédie de l'argent, à Novossibirsk, via la Western Union, comme les reçus trouvés dans la boîte à gants de l'Alpha Roméo le soulignaient. En dehors de cela, rien de notable, le reste étant destiné à des proches, surtout des hommes. Korovak serait un parfait misogyne que cela ne surprendrait personne.

Parce que nous n'allons pas y rester toute la nuit, sur mon ordre, Barbara Grosko tape un second mail, expliquant, toujours en se faisant passer pour Korovak, qu'il sort et ne rentrera pas de bonne heure, ceci pour justifier son absence s'il prenait l'envie à Martina Nemdori de lui adresser un mail en réponse au premier.

Deux minutes plus tard, alors que je pousse la porte du commissariat qui donne sur la rue Théodore Le Hars, les premières notes de *Whole lotta love* se font entendre en même temps que je sens vibrer mon téléphone dans ma poche.

— Allô ! Je te dérange ?

— Pas du tout, fais-je en tenant galamment la porte ouverte pour la traductrice. Je quitte le boulot juste à l'instant. Attends une petite seconde, s'il te plaît… Barbara, encore merci pour ce que vous faites pour nous. Bonne soirée, à demain après-midi.

Étrange moment de flottement, elle semble hésiter entre me serrer la main et me faire une bise. Masquant la gêne qui m'envahit, j'esquisse un petit salut du plat d'une main, et remonte celle qui tient le portable à la hauteur de mon oreille.

— Allô ! Je t'écoute.

Je marche vers la rue Pen Ar Stang, Barbara dans la direction opposée, vers les quais de l'Odet où elle a probablement garé sa voiture. À l'image de sa tendance à me coller durant toute la journée, la séparation a pris une tournure embarrassante pour nous deux. C'est un coup de chance que Murielle ait appelé pile-poil à ce moment-là.

— C'est qui, cette Barbara ?

— Allons, Murielle, ne fais pas la jalouse ! Il n'y a aucune raison, vraiment aucune. Hier soir, je t'ai raconté l'incident du kleptomane au supermarché. Le foutu hasard a fait que je sois témoin de l'intervention du vigile, et sur le coup c'est mon service qui a ensuite été chargé de l'affaire. Nous avons eu une journée bien remplie, avec des perquisitions comme s'il en pleuvait. Comme les intervenants sont un homme et plusieurs femmes russes, nous avons dû faire appel à une traductrice. Barbara est cette traductrice, tout simplement. Je suis à la maison dans vingt minutes, ça te va ?

— M'oui, ronchonne-t-elle pour démontrer que ma réponse ne la satisfait qu'à moitié. Pas de problème. Je voulais savoir quand tu rentrerais, pour prévoir la cuisson du repas.

— Qu'est-ce qu'on mange ?

— J'ai acheté des pavés de saumon, et je fais un risotto pour les accompagner.

— Extra ! Mais patiente avant d'allumer le feu, je boirais bien un apéro avant le dîner.

— On est sur la même longueur d'onde. À tout de suite !

Aux heures de pointe, la sortie de Quimper et l'accès à la voie express sont plus ou moins compliqués mais il est tard et beaucoup sont déjà dans leurs pénates, alors la circulation est d'une agréable fluidité. Huit minutes sur la RN165, pas plus, et je bifurque à la bretelle de Coat Conq pour filer vers Concarneau. Comme tous les soirs, j'hésite entre prendre directement la route de la maison, ou m'offrir un tour de corniche. Mais d'avoir allumé les feux de la voiture est en soi une évidence : je ne verrai pas grand-chose, et ne pourrai me délecter du spectacle. Tant pis, je me repaîtrai une autre fois des plages, et de la vue sur la baie. Demain matin je partirai tôt, mais souhaitons que demain soir je rentrerai à une heure convenable pour en prendre plein les mirettes. Autre souhait, que cette affaire soit terminée pour ce week-end, et que, l'esprit libre, dégagé de toute contrainte, je puisse sortir ma combinaison de plongée et goûter à l'ivresse de l'océan. Modérément, comme pour toute ivresse, mais avec délectation.

Depuis quelque temps, les gamins de la rue délaissent le ballon rond et les interminables matchs de foot, pour se perfectionner au pilotage d'un drone. Evan, le fils de nos voisins, a été le premier à en avoir un, pour son anniversaire il y a deux semaines, et un de ses copains n'a pas tardé à s'en faire offrir un, pour la même occasion, la semaine dernière. Du haut de leurs douze ans, ils y consacrent tous leurs loisirs, et je suppose que naissent des vocations de pilote de chasse. Les autres garçons de la bande brûlent de les utiliser, mais cela ne va pas sans les recommandations des propriétaires, et des menaces en cas de casse… ce qui arrive inévitablement. Il s'ensuit alors de terribles jurons, à en faire pâlir madame Jardel, la voisine d'en face. Un signe de la main en sortant de la voiture pour les saluer, auquel ils répondent par un collégial bonsoir, et je les laisse à leur occupation du moment. Ce soir, il faudra que pères ou mères viennent les chercher, menaçant de confisquer les drones pour qu'enfin ils se séparent. Jusqu'à demain.

— Je suis là !

C'est la rituelle formule que j'émets lorsque je rentre à la maison, quand Murielle n'est pas de service à l'hôpital. C'est une habitude prise pour la tranquilliser, au cas où elle ne m'entendrait pas arriver, et serait surprise par un bruit dans la maison alors qu'elle s'y croit seule.

— J'ai entendu le bruit de la portière, s'exclame-t-elle depuis l'étage, avant de descendre prestement la volée de marches. Ça va ?

Une bise sur les lèvres en guise de bonsoir, tandis que d'une main j'accroche ma veste au portemanteau, et de l'autre commence à délacer mes chaussures :

— Oui. Et toi, tu as passé une bonne journée ?

— Pas trop. Un patient est décédé. Il avait été admis hier en fin de matinée, et ce matin il a succombé.

— Il était jeune ?

— Oui, cinquante-quatre ans. Il a fait un AVC, il était dans le coma.

— Ce n'est peut-être pas plus mal qu'il y soit resté.

— Peut-être, mais c'est toujours douloureux pour les proches. Oh là là, s'écrit-elle en jetant un œil vers la pendule au mur de la cuisine, je n'ai pas vu le temps passer. Sur le coup, le repas n'est pas prêt.

— Dans ce cas, je vais me doucher. J'en ai pour dix minutes, le temps que tu nous serves un verre. Ça sent bon, on va se régaler !

— D'accord, que veux-tu boire ?

— Un petit whisky, s'il te plaît. Il doit rester un fond dans la bouteille d'Eddu.

Grimpant les marches deux par deux, je disparais de sa vue. Un passage par la chambre pour prendre du linge propre, et je m'enferme dans la salle de bains, chantonnant un vieux tube de U2.

Réglé comme du papier à musique, je suis effectivement au rez-de-chaussée en un temps record. Serais-je attiré par le whisky au sarrasin distillé à Plomelin, près de Quimper ? Pas seulement. L'envie de me poser, de passer une soirée de détente, m'ont poussé à me dépêcher. J'ai toujours sur les lèvres les paroles de *Bloody sunday*, quand le sourire que j'arborais se fige, en même temps que je cesse de chanter. Les bras croisés, adossée au frigidaire, Murielle a la tête des mauvais jours.

— Il y a un souci ?

— C'est qui, cette Barbara ? énonce-t-elle lentement pour refréner la colère qui monte.

— Je t'ai répondu, tout à l'heure, quand tu m'as téléphoné. Pourquoi reparles-tu d'elle ?

— Parce qu'elle a appelé. Elle voulait te parler.

La colère sous-jacente ne demande qu'à exploser. Je connais assez Murielle pour savoir qu'il faut absolument désamorcer la charge avant qu'il ne soit trop tard. Ce serait quand même terrible que ça parte en scène de ménage, alors qu'il n'y a aucune raison à cela.

— Je n'ai pas entendu la sonnerie, j'étais sous la douche. Que voulait-elle ?

— Elle ne me l'a pas dit. Tu n'as qu'à rappeler ta poupée russe. Elle te le dira elle-même !

Elle a lancé les derniers mots en se retournant vers la gazinière, illustrant ainsi qu'elle boude. Parce qu'il serait vain et inutile de tenter de l'amadouer, je saisis mon portable dans le séjour et appuie sur la touche rappel de la dernière communication.

— Allô, Barbara, c'est Maxime Moreau. Vous avez voulu me joindre.

— Oui, mais cela peut attendre demain. Il n'y a rien de grave.

— C'est au sujet des filles ? L'une d'elles aurait dit quelque chose d'important pour l'enquête, et vous venez de vous en souvenir ?

— Non, ce n'est rien. Ne vous inquiétez pas, je vous expliquerai.

— Je préférerais ne pas attendre, dis-je en regardant vers la cuisine, où Murielle s'évertue à ne me montrer que son dos.

— Demain, Maxime. Bonne soirée.

Tut… tut… tut… La tonalité me laisse dans l'expectative. Que pouvait bien me vouloir la traductrice. Si je m'écoutais, je rappellerais immédiatement pour lui tirer les vers du nez. Un regard de Murielle par-dessus son épaule me retient. Inutile de remettre une couche, sinon c'est la mémorable scène de ménage.

Murielle ne m'interroge pas, mais je suppose qu'elle bouillonne intérieurement. Comment m'en tirer, alors que je n'ai pas d'explication qui tienne le bitume ?

— Elle s'est ravisée, finalement. Ça attendra demain. Il y a un temps pour le boulot, et un temps pour le repos et les loisirs. Tu as servi l'apéro ?

— Non.

— Eh bien je vais le faire, Que veux-tu boire ?

— Un kir. J'ai acheté de la crème de cassis.

— Trêve de plaisanterie, passons aux choses sérieuses ! Direction le bar !

Je mets ce qu'il faut dans mon intonation pour qu'elle paraisse enjouée, mais mon petit doigt me murmure que ma dulcinée n'est pas dupe. C'est une désagréable sensation, que de devoir me justifier alors que je n'ai rien à me reprocher. Si, vis-à-vis de Barbara Grosko, jusqu'ici je me suis retenu de ne pas mettre les points sur les i, demain elle n'y échappera pas. C'est la promesse que je me fais en revenant vers la cuisine, pour faire tinter nos verres avant de siroter la première gorgée de l'excellent whisky.

VIII

En me levant ce matin, je me suis souvenu de mon idée de faire des emplettes et de rapporter à mes coéquipiers croissants et petits pains au chocolat. J'ai pris mon petit déjeuner et me suis préparé sans faire de bruit, car Murielle dormait. Je me suis arrêté devant la première boulangerie, avant de prendre la route vers Quimper. Durant le trajet, je me suis remémoré la soirée. Bien qu'elle n'insistât pas, Murielle continuait cependant de bouder, alors j'ai rompu la glace. Je l'ai rassurée, s'il en était besoin, sur ma fidélité, et lui ai fait part du peu de cas que je me faisais de la femme de l'Est. J'ai bien sûr tu qu'elle me tournait autour, et en quelques phrases tout est rentré dans l'ordre. Télévision et radio à l'arrêt pour ne pas nous distraire, nous nous sommes rabibochés autour d'un deuxième verre. Nous avons mangé en discutant de nos journées respectives, puis de choses et d'autres. Plus tard, sous la couette, tout est définitivement rentré dans l'ordre…

Comme souvent, je suis le premier de l'antenne locale de la PJ à arriver dans nos bureaux. J'allume mon ordinateur, tape mon code d'accès sur le clavier. Rien de neuf, ou plus clairement rien en rapport avec notre affaire. Je consulte alors le RESCOM, le réseau de communication de la police et la gendarmerie. J'y trouve la fiche de recherche émise par la capitaine Solène Bourbigot. Victoria Petrov se fera repérer, tôt ou tard. Même avec de l'argent, elle ne peut pas se fondre éternellement dans la nature. Et de l'argent, elle ne doit pas en posséder énormément. Certes, elle sait comment en gagner, mais l'expérience malheureuse de la prostitution la rebutant, on peut parier qu'elle cherchera à rentrer dans le rang, et à gagner honnêtement de quoi s'assurer le gîte et le couvert. Le gîte, justement, c'est vraisemblablement ce qui nous permettra de la repérer.

Je m'attarde ensuite sur le portable de Korovak. Personne n'a appelé. Tant mieux, les responsables du réseau ignorent encore qu'il est hors d'état de nuire. Je lui ai mis un coup de pression, hier en fin de journée. Allons voir si cela a porté ses fruits.

Assis, les épaules basses, il a vieilli de dix ans, durant la nuit. Autant jusqu'ici il m'ignorait, autant aujourd'hui il cherche à capter mon regard et observe mes mouvements. Serait-ce pour montrer sa bonne disposition ? Il a soigneusement plié la couverture et l'a posée à une extrémité du bat-flanc.

— Bonjour. Vous avez eu votre petit déjeuner ?

Je sais pertinemment que c'est le cas, mais j'y vais doucement. Surtout ne pas foncer bille en tête, sinon les vieux réflexes du dur à cuire prendront le dessus. Je ne vais pas non plus le tartiner de crème.

— Avez-vous suivi mon conseil et réfléchi ?

Hier, il a daigné prononcer trois phrases. Va-t-il se montrer plus prolixe ?

— Je n'ai pas tué Diana. OK pour les putes, mais je ne suis pas un tueur.

— Ça, c'est ce que tu dis, mais les relevés des spécialistes sont formels. Il y a ton ADN et tes empreintes un peu partout dans l'appartement de Diana.

— Argh ! fait-il en se prenant la tête dans les mains et en la tournant de droite à gauche puis dans le sens inverse. C'est normal, j'allais souvent là-bas. Mais je ne l'ai pas tuée.

J'oppose une moue dubitative, et plante les mains dans les poches arrières de mon jean. Un temps mort pour faire croire que je ne suis pas insensible à sa version, et j'assène :

— Il y a ce que tu dis, et ce que les spécialistes mettent en évidence. Avoue que ce que nous savons de toi ne plaide pas en ta faveur. Et pour ce qui est des témoignages, crois-moi que les filles t'ont chargé. Aucun avocat ne pourra mettre en doute ce qu'elles crient haut et fort. Tu les as toutes violées, et ça, elles vont te le faire payer. Ce sera leur vengeance. Si en plus des viols, elles affirment que tu les menaçais et les frappais pour qu'elles se prostituent et cèdent aux caprices les plus décadents de leurs clients, tu es mal barré. Pour être franc, tu l'es d'autant plus que tu seras le seul à payer.

Rehaussant les épaules et gonflant la poitrine dans l'intention de clamer son innocence quant au meurtre, il ouvre la bouche pour objecter, la referme, souffle bruyamment, mais reste coi.

— Pour couronner le tout, tu es accusé de meurtre. Et ça, c'est ce qu'il y a de pire. Parce qu'il faut que je t'explique, dans l'éventualité où tu ne connaîtrais pas le droit français : nous sommes dans un drôle de pays, où il n'y a que deux faits qui valent irrémédiablement des années de prison. Et là, on compte en dizaines d'années, avec une peine de sûreté de vingt-deux ans. Le premier, c'est le vol d'argent. Pour dix euros dans un tiroir-caisse, tu prends du ferme si tu as déjà un casier judiciaire. Et si jamais tu braques une banque, n'espère pas revoir la mer ou les montagnes avant belle lurette. On ne touche pas au dieu argent. C'est interdit. S'il y a mort d'homme, c'est exactement pareil. Il n'y a qu'une exception, lors d'un accident de voiture, et cela même si tu avais bu et que tu étais fin bourré. Là, tu t'en tires à bon compte. Ne cherche pas à comprendre, elle est comme ça, la loi française. Elle est faite par les puissants, alors pour se protéger il est interdit de s'attaquer à une banque ou à un fourgon de transport de fonds. Et pour meurtre, pour peu qu'il y ait eu intention de donner la mort… D'ailleurs, pour t'enfoncer, je verrais bien Jana

Gargarine certifier qu'elle t'a entendu dire que tu allais t'occuper de Diana.

— Ce n'est pas vrai ! s'écrit-il.

— Hé, doucement, ce n'est qu'une supposition. Jana et Diana étaient copines, il ne serait pas surprenant qu'elle te charge. Bref, tout ça pour te raconter que la prostitution est nettement moins punie qu'un vol ou un meurtre. Mais toi, tu cumules. Tout joue contre toi. Tu es le seul responsable du réseau que nous avons identifié. Les autres sont à l'étranger et ne risquent rien. Tu vas donc payer pour eux sur ce point. Et pour le meurtre, tu vas également prendre cher !

Je ne suis pas mécontent de ma tirade, même si d'un point de vue purement pénal, elle est erronée. Mais ce n'est pas grave, l'important était de l'impressionner. Il n'a sans doute pas tout compris, comme par exemple l'expression « belle lurette », mais le reste a fait son chemin. J'en suis convaincu en le regardant. Il y a des attitudes qui ne trichent pas. Comme autant de pièges, j'ai essayé de peser mes mots, pour laisser des portes entrouvertes. Il ne s'y engouffre pas entièrement, mais il ne manque pas de pointer le bout de son museau.

— Ils ne sont pas tous au pays, en Russie.

— Nous le savons. À l'image de Martina Nemdori, qui à Lyon reçoit les jeunes femmes et ensuite vous les amène. Mais nous ne savons pas encore tout de cette odieuse machination. Ce n'est plus qu'un secret de polichinelle, mais il reste encore quelques vides à combler. Ton téléphone portable et ton ordinateur nous seront précieux pour démanteler ce gang. Avec ou sans ta participation.

Un silence pour le laisser macérer et ménager mon effet, puis :

— Si tu veux parler, fais-le-moi savoir. Sinon, nous parviendrons quand même à l'éradiquer. Ce sera plus long, c'est certain, mais nous y parviendrons. Souhaitons seulement qu'ils n'aient pas le temps de s'enfuir, sinon tu seras le seul à payer l'addition. Et elle n'en sera que plus lourde.

Ici encore mes paroles portent. Le gros dur à la carrure de rugbyman me fait l'effet d'un gamin, hésitant à confesser une grosse bêtise car la taloche ou les réprimandes suivront. Sauf que dans le cas précis, la sanction tombera inévitablement, et seule une active participation allégera la peine.

— OK, je vais dire tout ce que je sais.

*

La volte-face de Vladimir Korovak a modifié le programme de la matinée. Il a d'abord fallu prévenir son avocat, Maître de La Bonchesse, qui souhaitait être présent, mais qui, pour cela, devait annuler et reporter un rendez-vous. Dans l'intervalle, le gardé à vue est resté croupir dans sa cellule, pendant que j'allais faire le point avec mes équipiers, et définir les rôles de chacun. Il fut entendu que Suzy et Wenceslas Pontor, le traducteur arrivé de Brest, vérifieraient la messagerie de l'ordinateur de Korovak et au besoin répondraient aux mails en tenant compte du vocabulaire de l'intéressé, pour ne pas donner l'éveil. Ils iraient ensuite au centre d'accueil pour femmes en détresse afin d'être sur place lorsque Martina Nemdori téléphonerait aux filles afin de leur donner le planning de la journée et de la soirée. Il était important que ces dernières gardent leur calme, et ne commettent pas un impair qui susciterait la curiosité de la mère maquerelle.

Simon avait pour mission d'identifier les propriétaires des deux numéros de téléphone avec qui Korovak était souvent en liaison, puis de se renseigner sur les individus. Quant à Justin, il me seconderait durant l'interrogatoire.

À peine arrivé, l'avocat trentenaire demanda à s'entretenir avec son client. En fait, la mise au point du système de défense ne dura pas bien longtemps. La messe était dite.

Vladimir répondit à chacune de nos questions, au grand dam de son défenseur qui plusieurs fois montra son irritation, et tenta de lui intimer de passer sous silence certains aspects de son existence. Mais voilà, le Russe se savait perdu, et tentait de sauver ce qui pouvait l'être en prenant le parti de tout déballer, dans l'espoir de s'attirer la clémence de ceux qui, un jour, auraient pour tâche de le juger, et de le condamner. Tout le fonctionnement de l'organisation fut décrypté, étape par étape. Du recrutement des jeunes femmes par Boris Ouklov à leur acheminement en France, la réception à Lyon par Martina Nemdori, le transport vers des villes du grand Ouest de l'Hexagone, le rôle de Korovak ou des hommes du même tonneau pour forcer les filles à travailler et leur enlever toute velléité de fuite, le lien par téléphone portable pour signifier la venue des clients et enfin, l'envoi d'argent via la Western Union à Boris Ouklov, le ponte qui depuis Novossibirsk tirait les ficelles et vivait dans l'opulence. Bien évidemment, les filles ne recouvraient jamais leur liberté, car quand elles estimaient avoir remboursé le coût du billet de l'avion qui les avait emportées vers ce sinistre destin, on leur annonçait qu'elles devaient également participer à la location des meublés, et rembourser les billets de train pour aller d'une ville à une autre. Si elles ne comprenaient pas ou refusaient, un poing savait se montrer plus persuasif… Le système était parfaitement rodé et encadré.

Nous connaissions les tenants et les aboutissants, dans leurs grandes lignes. Ceci venait confirmer ce que l'enquête avait permis de mettre à jour. Il subsistait quelques ombres au tableau, comme l'identité du gars qui à Brest surveillait les filles de la même façon que d'autres dans les grandes ou moyennes villes où le réseau s'était implanté. Mais sur ce point, Korovak affirma qu'il ne les avait jamais rencontrés. Il connaissait le prénom de l'homme, Christophe. C'était tout. L'organisation avait cloisonné les postes. Si un jour la police ou la gendarmerie mettaient son nez dans leurs affaires, elles ne pourraient la démanteler dans son intégralité. Il dit cependant que le Christophe était un Français, et qu'il était accompagné d'une femme russe. Ce détail, s'il était vrai, pourrait avoir son importance pour les identifier.

Pour justifier les cinq mille cinq cents euros découverts dans son blouson, le soir du vol à l'étalage au supermarché, il expliqua qu'il passait un deal avec les filles : s'il leur apportait des clients, en douce de Martina Nemdori qui prenait les “inscriptions” sur internet, le contrat oral était la moitié de l'argent pour lui, l'autre moitié pour les filles qui acceptaient de coopérer. Elles pouvaient ainsi se constituer un pécule, qui servait à améliorer le quotidien, ou à se faire une tirelire dans l'attente d'un avenir moins compliqué.

Il signa son procès-verbal d'audition juste quand, installées sur les toits de certains bâtiments administratifs, les sirènes résonnèrent sur la ville, pour le traditionnel essai du premier mercredi du mois. Maître de La Bonchesse nous quitta sans traîner, nous priant de le prévenir si son client venait à être jugé dans la journée, comme s'il doutait qu'il ne soit mis hors d'état de nuire. Dans la foulée, Korovak fut reconduit en cellule pendant que j'avisais Hugo Desmant de cette positive et considérable avancée de l'enquête. Il fut décidé de le déférer devant le juge d'instruction dès 14 heures, le temps d'élaborer un rapport reprenant les informations récoltées, et les constatations mises en évidences depuis avant-hier soir. Je m'y attelai, pendant que Justin allait nous chercher des sandwichs et des boissons. Une fois encore, le repas serait rapidement expédié…

*

Durant ce temps, Simon est en partie parvenu à identifier les deux numéros de téléphone. En partie seulement, car les prénoms et noms correspondent à des personnes qui ont perdu leur carte d'identité, il y a de cela deux ans pour l'une qui habite à Guipavas, et trois ans pour l'autre qui demeure à Bohars, soit toutes les deux dans la banlieue brestoise. En cherchant sur quels comptes bancaires sont prélevés les abonnements, il s'avère que sur ces comptes une somme en espèces est déposée une ou deux fois par an, pour couvrir les frais d'abonnement téléphoniques et les frais bancaires. Il n'existe ni carte bancaire, ni chéquier. Il n'y a aucune ligne pour un quelconque remboursement, de frais médicaux par exemple, ou pour un règlement autre qu'à destination de l'opérateur téléphonique. Ce dernier a transmis les relevés d'appels, mais les seules communications, reçues ou émises, sont pour Korovak ou Martina Nemdori. Il est clair que ces mobiles sont à usage exclusif du réseau de prostitution, et tout dans le fonctionnement bancaire est similaire à ce qui a été mis en place pour les loyers des meublés.

Il était près de 13 heures, quand Suzy et Wenceslas Ponsor sont revenus. Ils ont bien travaillé, parvenant, à force de persuasion, à obtenir le concours des quatre femmes, afin qu'elles ne laissent rien paraître si d'aventure Nemdori entrait en contact avec l'une d'elles. Le traducteur a aussitôt repris la route pour Brest, où il est attendu par l'antenne de la PJ pour intervenir auprès des femmes libérées hier dans la cité du Ponant.

Les trois brigadiers chefs et moi mangeons en silence. Entre deux bouchées, je relis mon rapport, corrigeant une faute d'orthographe ou modifiant une tournure de phrase. Une fois satisfait, je l'imprime.

— Allez, direction le tribunal ! Suzy, tu attends Barbara Grosko, et ensemble vous retournez au centre d'accueil pour femmes. Le juge Desmant ne serait sûrement pas ravi de savoir que, sur ce coup, l'argent des contribuables rémunère une traductrice alors que nous n'avons plus besoin de ses services pour ce qui est strictement l'enquête en elle-même, mais je ne peux me résoudre à abandonner ces femmes dans cet établissement, sans même lever le petit doigt. On peut être flic et faire preuve d'humanité.

— Je n'en attendais pas moins de toi, approuve Suzy en tendant le pouce.

— Nous, on défère Korovak devant le procureur. On ne sera pas trop de trois, si l'envie lui prenait de vouloir nous fausser compagnie. C'est parti !

Je suis en train d'enfiler mon blouson quand le téléphone sonne.

— Oui ?

— Madame Grosko est là, fait l'adjoint de sécurité en charge de l'accueil du commissariat. Elle dit qu'elle a rendez-vous avec toi.

— Tout à fait. Tu peux la faire monter.

Avant d'aller au palais de justice, il est nécessaire, comme je me le suis promis, d'avoir une conversation franche avec Barbara. Je n'ai pas envie de supporter une scène de ménage tous les soirs.

Empruntant l'escalier, elle nous rejoint en moins d'une minute.

Sourire crispé, car pressentant que les instants qui suivent seront délicats, elle aimerait être plus vieille d'une heure.

— Bonjour Barbara. Vous allez bien ?

— Oui, merci. Et vous ?

— Ça va, oui. Vous venez dans mon bureau un instant, s'il vous plaît.

Après une mimique à mes collègues pour souligner qu'il n'y en a pas pour longtemps, j'attends qu'elle ait franchi le seuil avant de refermer la porte. Elle ne s'est pas assise, ce qui n'est pas un mal car le face-à-face ne s'éternisera pas. Autant entrer directement dans le vif du sujet.

— Pourquoi m'avez-vous téléphoné, hier soir ?

— Oh, pour rien…

— Vous êtes-vous souvenue d'un élément important pour l'enquête, que l'une des filles aurait pu vous confier au hasard d'une conversation, et auquel vous n'avez pas fait attention de prime abord ?

— Non, ce n'est pas cela. Je… J'ai remarqué que vous n'aviez pas d'alliance, alors je vous croyais célibataire. Étant moi aussi célibataire, je ne voyais aucun mal à vous proposer un dîner au restaurant.

Ceci a l'avantage d'être franc. Elle aurait pu se fourvoyer dans des explications tortueuses, elle a préféré la spontanéité, ce qui est tout à son honneur. J'oublie instantanément l'envie de la recadrer, et dis d'un ton conciliant.

— C'est seulement cela ! Pendant une bonne partie de la soirée, je m'en suis fait toute une montagne, supposant que vous aviez en votre possession un renseignement de la plus haute importance. Je n'ai pas d'alliance parce que Murielle et moi ne sommes pas mariés. Nous vivons ensemble depuis quatre ans, mais nous n'avons jamais évoqué la question du mariage. Vous auriez dû le dire tout de suite, ça aurait évité d'éventuels malentendus.

— C'est justement Murielle, que j'ai eue au téléphone. Je ne voulais pas vous mettre dans l'embarras en vous invitant au restaurant.

— Je vous comprends, Barbara. L'intention était louable. Je suis sincèrement désolé, si mon attitude ou autre chose vous a donné à penser que je vis seul. Et même, cela ne veut rien dire, que je vive seul ou non, ce n'était qu'une invitation, pour partager une soirée en toute amitié. Et cela, rien ne nous empêche de la programmer un jour.

— J'en serais ravie !

— Eh bien, ce n'est que partie remise. Allez, on se met au boulot !

Rassérénés et souriants, nous sortons du bureau et rejoignons les trois brigadiers chefs. À la main une feuille fraîchement crachée par la photocopieuse, Simon est fier d'annoncer :

— Les deux téléphones portables sont géolocalisés sur Brest, en plein centre-ville.

— C'est une bonne avancée, mais on ne va pas perquisitionner tous les logements du centre pour les repérer. Autant chercher une aiguille dans une botte de foin.

— C'est certain, mais on peut presque en conclure que sur Brest ils sont deux à assurer un rôle identique à celui de Korovak, ici dans le Finistère Sud.

— Plus que probable, en effet. C'est étrange qu'il y ait un doublon, mais il y a peut-être une explication à cela. Bon, on défère le Russe, et on y va tous ensemble.

— Tu as changé d'avis ? hasarde Suzy.

— Oui. Comme ce matin toi et Wenceslas Pontor êtes intervenus auprès des filles, ce n'est pas indispensable d'y retourner cet après-midi. Toi et Barbara, vous prenez une autre voiture, et vous venez avec nous. Nous aurons peut-être besoin de Barbara pour traduire les questions du juge ou de l'avocat, et les réponses de Korovak.

*

Devinant qu'il ne reviendra plus dans cette cellule, ou est-ce seulement pour traduire sa colère, la couverture n'est plus impeccablement pliée mais jetée en boule dans un angle de la cellule. C'est pourtant sans faire preuve d'agressivité que Vladimir Korovak a remis les lacets à ses chaussures, et a enfilé sa ceinture dans les passants de son jean avant de la serrer. Il s'est ensuite laissé menotter, et conduire vers la cour où nous attend notre voiture. Mais il ne faut toutefois pas croire benoîtement qu'il se montrera indéfiniment docile. Si l'occasion se présente, il fera son possible pour nous fausser compagnie. Comme lors de nos précédents déplacements, Justin et moi montons à l'arrière avec lui, le bloquant entre nous. Simon prend le volant. Près de lui, sur le siège passager, un dossier à sangle plus épais de jour en jour renferme les pièces qui définissent la responsabilité du Russe. Dans le coffre, j'ai déposé la valise de Korovak, qui depuis hier était dans le bureau de

Suzy. Qu'à la fin de la journée il soit placé en détention est une évidence ! Et cela, pas seulement pour nous, mais également pour lui qui, en la voyant, a compris que ce soir il ne se couchera pas sur le bat-flanc de la cellule.

Le trajet dure à peine trois minutes, nous emportant d'abord derrière les hauts murs sur l'arrière de la préfecture, et le long du Frugy, cette colline qui domine le centre-ville. Nous empruntons ensuite le pont de la Cale Saint-Jean, sous lequel la rivière l'Odet s'écoule sereinement, avant d'aller se jeter dans l'océan Atlantique une quinzaine de kilomètres plus loin, à Bénodet. Fi des descriptions géographiques. Nous pénétrons dans la cour du palais de justice, à l'architecture inspirée d'un temple grec, à l'image de deux solides colonnes surmontant un fronton triangulaire. Depuis quelques années, sur la droite, une extension aux larges baies vitrées symbolise la transparence de la justice.

Korovak ne renâcle pas pour être extrait de la voiture, ni pour être conduit vers le bureau du procureur. Nous sommes six, et notre venue ne passe pas inaperçue, certains ne manquant pas de se déhancher pour distinguer les traits de cet homme menotté qui doit posséder un solide palmarès pour être ainsi convoyé. Avisé de notre arrivée par sa secrétaire, le procureur Pascal Colinet parvient à se libérer de son rendez-vous, et nous reçoit dans son vaste bureau. Pour qui ne le pratique pas, il a sa tête des bons jours. Il fait des efforts pour avoir un visage fermé, limite soucieux, cela sans doute pour désarçonner le prévenu, mais je sais qu'intérieurement il jubile. C'est d'ailleurs en souriant largement qu'il propose une main que nous serrons tour à tour, mes collègues, Barbara, et moi.

— Bravo, Messieurs-Dames ! Vous avez été hyper rapides dans cette affaire. Tout le réseau n'est pas démantelé, mais au moins plusieurs femmes sont-elles d'ores et déjà en sécurité. Voici donc l'individu qui les maltraitait… Installez-vous, débarrassez-le de ses menottes, et asseyez-vous. Capitaine Moreau, dit-il en défaisant la sangle du dossier, vous voulez bien me narrer le contenu des pièces du dossier, au fur et à mesure que je les parcours…

Exposer l'affaire, et l'implication de Vladimir Korovak, a nécessité trois quarts d'heure. Une éternité, par rapport au temps que le juge consacre habituellement à cet exercice. Le Russe a répondu de bonne grâce aux questions de l'homme de loi, lorsque celui-ci souhaitait se faire préciser un point de l'enquête, en se faisant parfois assister de Barbara quand il ne comprenait pas parfaitement le sens d'une question ou s'il désirait développer une réponse. Les bracelets métalliques enserrant à nouveau les poignets du prévenu, nous prenons congé du procureur et allons attendre notre tour pour le jugement, car Korovak a opté pour une comparution immédiate. Il escompte que cette manœuvre, et sa bonne grâce à répondre à nos questions puis à celle des magistrats, allégeront la sentence. Estimer son heure de passage devant le juge est une loterie. C'est ce que j'explique au téléphone à Maître de La Bonchesse, qui, considérant que son temps est bien plus précieux que celui de la majorité de ses contemporains, entend être prévenu à l'instant T. Or, nous pouvons passer dans la demi-heure… comme ce soir vers 20 heures. Une pointe d'agressivité, et l'avocat coupe la communication.

Pour tromper l'attente, nous nous votons une tournée de cafés, directement prélevés au distributeur. Magnanimes, nous en offrons un à Korovak, qui remercie muettement. Tout à tour, nous nous dégourdissons les jambes, Korovak demeurant sous bonne garde. J'appelle Murielle sur son portable pour l'avertir que je ne serai pas à la maison de bonne heure, mais il doit être au fond de son sac à main ou oublié dans la voiture. Je laisse un message.

Deux heures. Deux longues heures que nous patientons. Comme nous tous, Justin en a par-dessus la tête de végéter dans ce couloir, alors pressentant que la journée est loin d'être terminée, il est sorti acheter des viennoiseries dans une boulangerie du quartier. Quelques feuillets à la main, une greffière proche de la retraite embouque le couloir et nous salue d'un silencieux signe de tête. Arrivée à l'extrémité du couloir, elle va pour badger pour ouvrir la porte quand celle-ci s'ouvre à la volée sur une de ses consœurs, une jolie brune qu'il nous est déjà arrivé de croiser en ce même lieu. Petits rires complices des deux femmes qui ont failli se télescoper, et qui vont pour repartir chacune dans leur direction quand la première interpelle sa consœur. L'une conservant d'un pied la porte ouverte, elles échangent à voix basse, de sorte que nous ne captons pas leurs paroles.

— Eh bien, l'artiste, fait Simon à l'attention de notre prévenu. Tu ne sais plus lacer tes godasses. Ta vieille maman ne t'a pas appris, ou c'est ton avenir qui te tarabuste au point que tu en oublies les bases ?

Le prévenu ayant les mains menottées dans le dos, impossible pour lui d'y remédier, alors de bonne grâce le gentil Simon s'agenouille. Un regard vers les deux femmes qui, à une demi-douzaine de mètres, continuent de taper la discute, et en une fraction Vladimir Korovak joue son va-tout. Toujours assis, dans un ensemble parfait, il m'administre un solide coup d'épaule, et vote à Simon un monumental coup de genou dans le visage. Surpris par la promptitude et la violence du choc, Simon s'étale en arrière, passablement étourdi. Déjà Korovak est sur ses deux jambes, et la tête rentrée dans ses épaules d'athlète, il se rue vers les deux greffières. Ce ne sont pas elles qui l'intéressent, mais le passage maintenu ouvert par un pied vers une éventuelle liberté. Suzy et Barbara, qui papotaient comme deux copines, n'ont pas le temps d'effectuer un geste, que je fonce à la suite du fuyard.

— Korovak ! Nom de Dieu ! Reviens !

Quel que soit mon ordre, il n'a qu'un objectif : courir le plus vite possible. Paniquées, les deux greffières se séparent. L'une se colle contre le mur pour ne pas être heurtée par le taureau qui fonce dans sa direction. L'autre, celle qui initialement allait emprunter la porte pour disparaître de notre vue, commet l'erreur d'ouvrir la porte en grand, et à son tour se met simultanément à courir et à hurler. C'est tout ce que je peux voir, avant que la porte, équipée d'un ferme-porte hydraulique, ne se referme dans un léger claquement que couvre le bruit de mes chaussures sur le sol.

— Ouvrez ! Vite !

Les mains tremblantes, la greffière brune peine à coordonner ses mouvements. Trois secondes qui semblent une éternité, et le sésame remplit son office. Le couloir qui se présente à moi est un peu plus long que le premier, et lui aussi, par mesure de sécurité, est clos par une autre porte commandée par un boîtier sur lequel il faut badger. Victime d'un coup d'épaule qui l'a balancée contre le mur, la greffière est assise sur le sol, une main sur ses côtes endolories. Le souffle court, elle paraît sur le point de virer de l'œil. Korovak est parvenu à la porte, sur laquelle il s'est précipité, mais en vain. Il fait demi-tour pour tenter sa chance en entrant dans un bureau choisi au hasard, quand je le stoppe en dégainant mon Sig-Sauer et en aboyant :

— T'es cuit ! Ne bouge pas ! Au sol ! Allez, magne-toi !

Autant avant-hier, au centre commercial, sa carrure m'impressionnait, et j'étais bien content que ce soit les agents de surveillance qui eurent la lourde et ingrate tâche de le contrôler, autant aujourd'hui il ne me fait pas peur. C'est une question d'état d'esprit : avant-hier, j'étais un client lambda du supermarché, par conséquent en rien concerné par ce qui se passait. Mais là, ce n'est plus pareil. Dans l'enceinte du tribunal, je suis un flic, et le gaillard qui fait des siennes est le principal inculpé de l'affaire dont j'ai la charge. Il est à moi, et à mon équipe. Et comme je suis seul avec lui dans ce couloir, si l'on ne tient pas compte de la greffière au sol, il est à moi.

Un étrange face-à-face entre deux hommes déterminés s'engage. Il veut fuir, je veux l'en empêcher. Dans un film, c'est à ce moment qu'une musique endiablée débute, ou au contraire qu'elle s'arrête et que l'on entend les battements de cœur des concernés. Parce que l'aiguille des secondes tourne en ma faveur, Korovak doit agir vite. Il a parfaitement englobé que ses mains menottées dans le dos compliquent l'ouverture d'une simple porte, et qu'en plus je ne le laisserai pas faire. Alors il ne lui reste plus qu'une alternative. S'avançant vers moi, il met ce qu'il faut dans son regard pour me faire flipper, et se prépare à charger. Le sprint sera court, mais intense. Ma main armée tendue vers sa poitrine ne l'intimide pas. Coincé pour coincé, foutu pour foutu, il se fout de ma réaction comme de sa première sucette. Sans savoir pourquoi, à l'instinct, je ramène la main droite vers moi, et pose mon arme sur le bord du holster, comme si j'allais rengainer.

— OK, connard, on va se la mettre ! Juste toi et moi. Rien ne me ferait plus plaisir.

J'enfonce le canon du Sig-Sauer dans le holster, ce qui pour lui est une énorme surprise. Il doit se demander pourquoi j'agis comme cela, pourquoi je me coupe de cet avantage, au risque de ne pas le maîtriser, et lui offrant ainsi une possibilité de fuite. Il s'imagine sans doute que je présume de ma force, de ma science du combat. Je ramène mes mains nues dans mon dos.

— Comme ça, on est à égalité. Juste toi et moi. C'est quand tu veux.

Trois mètres nous séparent. Conscient que le temps presse, parce que mes collègues ne vont pas tarder à rappliquer, tout de suite il s'élance. Tel un bison, il choisit de me catapulter contre la porte, hypothéquant sur ce choc pour m'affaiblir ou me blesser avant de prendre le dessus. C'est une stratégie comme une autre. L'inconvénient, pour lui, c'est que je ne suis pas toujours un homme de parole. En règle générale, si, et je le revendique, mais face à une crapule… Au dernier moment, j'effectue un mouvement vers la gauche, et, tendant mes mains vers ses épaules pour contrôler son corps, je balance un coup de genou en direction de ses bijoux de famille. En temps normal, il aurait pu esquiver, mais là, les mains entravées, il n'est qu'un gros ballot quasiment sans défense. Mon genou rencontre des parties tendres. Plié en deux, Korovak s'effondre sur le sol, tandis que derrière moi j'entends la porte s'ouvrir.

— Tu n'avais pas besoin d'aide, constate Suzy en rengainant son arme.

— Il ne pouvait pas aller loin, il était bloqué dans ce couloir. On discutait tranquillement, et soudain il s'est couché par terre. Je ne sais pas ce qu'il a, je pense qu'il a glissé.

— C'est effectivement ce que j'ai vu, commente Barbara Grosko en posant des yeux emplis de dégoût vers son compatriote avant de m'adresser un clin d'œil complice. Si on me le demande, je confirmerai qu'il s'est fait mal tout seul.

— C'est parfait, nous avons la même version. Vous aussi vous êtes d'accord, Madame ?

D'un hochement de tête qui la fait grimacer car il suffit à raviver la souffrance de ses côtes douloureuses, la greffière fait bloc avec nous. Elle non plus n'est pas mécontente de l'issue de l'affrontement.

— Debout !

Tandis que Barbara s'occupe de la greffière toujours assise sur le carrelage, Suzy voudrait m'aider à redresser le Russe qui a le souffle coupé par la douleur, mais son ventre rond l'en empêche. C'est au prix d'un intense effort que j'y parviens seul, avant de le rediriger vers le couloir où nous allons encore attendre pour qu'il comparaisse devant son juge.

— Simon, comment ça va ?

— Ça va, je récupère. Quel enfoiré. Je n'ai pas vu le coup venir.

Une marque rouge et légèrement renflée sur le front indique l'endroit de l'impact, qu'il masse pour tenter d'atténuer la douleur. Près de lui, affolée, la greffière brune le délaisse pour voler au secours de sa collègue.

— Tu as besoin de consulter ?

— Non, j'en ai vu d'autres. Laisse tomber.

Surgissant à l'autre bout du couloir, Justin observe la scène en s'approchant.

— J'ai raté un épisode ?

— Il a voulu nous fausser compagnie. Dommage pour lui, il a glissé.

Un petit quart d'heure, un délai idéal pour que Korovak ne ressente plus les effets de mon coup de genou et puisse marcher correctement, et une greffière annonce que c'est le tour du dossier qui nous intéresse. Maître de La Bonchesse est arrivé depuis quelques minutes, faisant les cent pas et soufflant fortement pour montrer son indignation. Un homme de sa valeur n'a pas à faire le pied de grue comme le premier rustre venu. Pour ne pas aggraver son cas, son client ne mentionne pas sa tentative de se faire la belle, et la rencontre fortuite entre mon genou et ses roubignoles. S'il le faisait, un autre procès-verbal serait nécessaire, ce qui nous ferait perdre du temps et alourdirait son cas.

Dans la salle d'audience, comme il se doit, il est une nouvelle fois défait de ses menottes, pour être enfin fixé sur son sort par le juge et ses assesseurs. L'affaire ne traîne pas. À court d'arguments, Maître de La Bonchesse ne se fend pas d'une formidable plaidoirie, son client étant indéfendable.

*

En raison d'un dossier parfaitement bouclé, de faits avérés et dûment revendiqués par le prévenu, l'audience n'a pas duré plus de vingt minutes. Puis le juge et ses assesseurs se sont retirés pour statuer. Une quinzaine de minutes d'absence, et à leur retour ils ont condamné Vladimir Korovak à une peine de soixante mois d'emprisonnement, dont la moitié assortie de sursis. Un mandat de dépôt a été délivré, la crainte qu'il ne disparaisse à jamais étant bien réelle.

— Suzy et Barbara, dis-je pendant que Simon et Justin menottent le Russe et le dirigent vers la sortie, on va se débrouiller sans vous. On fait un aller-retour à la maison d'arrêt, et vous, vous retournez au commissariat, où vous vous penchez sur l'ordinateur de Korovak et sur son téléphone portable. Vous décrochez à 18 heures, et vous recommencerez demain.

— Tu crois que ça vaut le coup, pour une demi-heure ? émet-elle d'un ton qui laisse transparaître qu'elle estime que la journée a été bien assez longue comme cela, et qu'elle apprécierait de souffler un peu.

— Non ! fais-je surpris en consultant ma montre. Il est déjà tant que ça ! OK, assez pour aujourd'hui, alors. Barbara, êtes-vous disponible demain matin pour nous aider ?

— Oui, je peux venir au commissariat.

— On part sur cette base, alors. Demain, en compagnie de Suzy, vous retranscrirez les mails ou messages que vous jugerez utiles, et au besoin vous répondrez en vous faisant passer pour lui. Il faut donner l'illusion qu'il est toujours présent et en activité. Si pour lui c'est réglé, il y a encore beaucoup de boulot : nous devons identifier les autres membres du réseau.

— Compte sur nous, agrée Suzy. Je passe quand même par le bureau, et je te bigophone s'il y a du neuf.

— Entendu. Bonne soirée à vous deux. À demain.

Je retire l'extrait de jugement auprès de la jolie

greffière brune vue tout à l'heure dans le couloir avant de rejoindre mes coéquipiers.

Aucun de nous trois n'est mécontent que ces pérégrinations soient enfin achevées. Dans la cour du palais de justice, Simon passe la première. Sur la banquette arrière, bloqué entre Justin et moi, Vladimir Korovak sait que, désormais, il n'aura aucune chance de nous fausser compagnie. Direction Brest.

IX

La question administrative réglée, il est très exactement 19 heures 15, lorsque nous sortons de l'Hermitage, la prison située au nord de la ville de Brest. La nature humaine est quand même curieuse. C'est sans émotion particulière que nous nous apprêtions à partir, quand j'ai lu sur le visage de Korovak qu'il aurait aimé que ce moment dure un peu plus longtemps. En réfléchissant, j'ai compris qu'il se savait seul, au fin fond du Finistère, et qu'il réalisait que les visites au parloir ne seraient pas pour lui. Qui irait lui rendre visite ? Une prostituée, qu'il aurait sûrement violée comme les autres, voire battue, pour qu'elle se soumette ? Des amis ? Ils devaient se compter sur les doigts d'une main, et vivre du côté de Novossibirsk, à des milliers de kilomètres, derrière le rideau de fer. La période d'enfermement serait longue, moralement rude à encaisser. Même sans connaître le mitard, l'isolement serait garanti.

Peu avant d'arriver, j'ai appelé l'antenne de la PJ brestoise. C'est la capitaine Solène Bourbigot qui a répondu. Elle a expliqué qu'elle était encore présente dans les locaux parce qu'elle voulait absolument terminer son rapport dès ce soir. Partant de là, elle a assuré que nous pourrions passer pour discuter un peu de l'affaire, et faire le point sur nos efforts conjoints. Nous prenons donc vers le centre-ville, pour rallier la rue Colbert, où se trouve le commissariat.

Solène a passé le cap de la trentaine depuis peu. Quelques kilos idéalement positionnés font qu'elle attire immanquablement le regard. Lors de notre première rencontre, ici même à Brest il y a un peu plus de deux ans, elle avait le corps gracile d'une étudiante, que son mètre soixante-quinze accentuait. Les cheveux de son carré de l'époque ont poussé jusqu'au milieu du dos, et les mèches fauves sur ses cheveux châtains sont aujourd'hui remplacées par des mèches blondes du plus bel effet. Échange de bises, avant de nous inviter à aller chercher des chaises supplémentaires et à les emporter dans son bureau aux dimensions réduites, comme dans la grande majorité des commissariats français. Genou contre genou, nous parvenons quand même à nous poser.

— Comme je te le disais tout à l'heure au téléphone, on vient de conduire à l'Hermitage le gars qui accueillait et surveillait les filles.

— Il a pris cher ? questionne-t-elle.

— Pas assez, à mon goût. Trente mois ferme, autant avec sursis. Bref, s'il se tient à carreau, il sera dehors dans un peu plus d'un an, ou d'un an et demi.

Un silence s'ensuit, reflétant que chacun pense la même chose que moi, et qu'il n'est pas utile de commenter plus que nécessaire l'image de ce que beaucoup de flics ont de la justice française.

— Nous avons poursuivi nos recherches, fait-elle pour donner un autre angle à la conversation. Les quatre meublés étaient loués depuis plusieurs années, et les propriétaires étaient loin de se douter de ce qui s'y tramait.

— Comme à Quimper. On ne s'est pas renseigné pour les meublés de Douarnenez, mais c'était certainement le même cas. Pour ne rien négliger, on s'y collera quand même quand on aura le temps.

D'un doigt, elle caresse les deux grains de beauté sur sa joue droite. Elle va pour s'exprimer quand la sonnerie du téléphone de son bureau la stoppe.

— Allô !

— …

— Oui, c'est bien moi.

— …

— Gardez-la au chaud, j'arrive ! Je suis là dans trois quarts d'heure environ. À tout de suite !

Tout en reposant rapidement le combiné sur sa fourche, Solène explique la teneur de l'appel reçu :

— C'est la gendarmerie de Morlaix. Ils viennent d'embarquer la femme qui était en fuite.

— Ils ont chopé Victoria Petrov ! On y va avec toi !

Nous sommes rue Colbert dans la minute qui

suit. Marchant vers la voiture, je remarque que mon initiative ne dérange pas l'imperturbable Simon. En revanche, Justin a enfilé le masque des mauvais jours.

— Ça te dérange, Juju ? Tu n'avais pas envie de faire un saut à Morlaix ?

— À cause de ces conneries, on va rentrer à je ne sais quelle heure ce soir, et à la télé il y a un super match de foot que je vais rater. Alors, oui, ça me dérange. Mais ce n'est pas grave, je vais appeler ma femme pour qu'elle l'enregistre. Je le regarderai en rentrant.

— C'est la meilleure solution. Allez-y ensemble, je monte avec Solène, qu'elle ne se sente pas seule.

— Tu parles ! rigole Simon. Si elle avait fait cinquante kilos de plus, tu serais resté avec nous.

— Jaloux, va !

En attendant que Solène me rejoigne, j'appelle Murielle sur son portable. Plusieurs sonneries, puis la messagerie se déclenche. Pas grave, je recommencerai plus tard. Elle doit être occupée pour ne pas avoir sauté sur son mobile.

*

L'estimation de Solène est bonne, puisqu'effectivement nous parvenons à Morlaix quarante-cinq minutes plus tard. Place Charles de Gaulle, dans une construction en pierres qui donne sur un rond-point, le commissariat de police est bâti à quelques centaines de mètres du symbole architectural de la ville, son célèbre viaduc. Construit en granit durant la deuxième moitié du XIXe siècle, il est inscrit aux monuments historiques. À plus de soixante mètres de haut, il comporte neuf arches, et enjambe la rivière de Morlaix. Nous garons les véhicules sur le parking de la place des Otages, et marchons d'un bon pas vers le commissariat.

Seule Solène connaît le lieutenant Guillaume Douguet qui nous reçoit. Les présentations faites, il raconte les circonstances de l'interpellation de la fuyarde.

— Un hôtelier du centre-ville a appelé vers 18 heures, pour signaler qu'il avait un sérieux doute sur une cliente. Elle est arrivée vers midi, et a payé sa chambre en espèces. Ce ne sont pas ces arguments qui l'ont décidée à nous alerter, mais elle est revenue dans l'après-midi avec un homme. Il est reparti une demi-heure plus tard, et comme en arrivant, il s'est arrangé pour que le taulier ne voit pas son visage. Il a trouvé ça bizarre, et quand la femme est sortie de sa chambre, elle s'était changée, et portait une jupe plutôt courte et un chemisier quasi transparent. Ici, comme dans la plupart des villes, les hôteliers se méfient d'une certaine clientèle, car ils savent qu'ils s'exposent à des soucis, comme une fermeture administrative, si leur établissement sert de maison de passes. Il a appelé juste quand j'allais partir. J'ai enregistré son intention de signifier à la femme qu'elle devait récupérer ses affaires et quitter l'hôtel dans la minute, quand il a évoqué qu'elle était certainement issue d'un pays de l'Est. Aussitôt, je me suis souvenu de l'annonce sur le FPR*, et c'est ce qui m'a décidé à me déplacer jusqu'à l'hôtel, situé à quelques rues d'ici. Avec deux de mes gars on a planqué, et quand elle s'est pointée avec un gugusse, on les a serrés. L'identité du client est notée, et il aura bientôt à rendre compte à la justice pour prostitution. Elle, je me suis assuré de son identité, on l'a ramenée au commissariat. C'est à ce moment-là que j'ai appelé.

— Bon boulot, Guillaume, félicite Solène. Elle est en cellule ?

— Oui. Sa valise et son sac à main sont dans mon bureau. Je l'ai placée en GAV** au mobile de racolage sur la voie publique. Ça ne se fait plus à notre époque, puisque ce sont les clients qui sont visés, mais il me fallait bien un prétexte pour l'embarquer et la garder chez nous.

— Tu peux lever la GAV. Nous allons faire sa connaissance, et après on l'emporte avec nous.

— Pas de problème. Je vous l'amène.

Il s'esquive deux minutes, et revient avec une magnifique jeune femme blonde, d'environ vingt

---

*Fichier des personnes recherchées.

**Garde à vue.

ans. Elle porte toujours les vêtements décrits par Guillaume Douguet, qui a omis de préciser les escarpins à talon haut d'une douzaine de centimètres. Réaction immédiate à cette apparition, la température paraît monter de quelques degrés dans la pièce.

— Elle bredouille le français, souligne le lieutenant, ce n'est pas évident de décoder.

— On va se débrouiller. Nous pouvons faire appel à des traducteurs, que ce soit à Brest ou à Quimper. Dès ce soir, elle va aller retrouver ses copines qui sauront la consoler, et l'entourer de leur affection.

Comme il est rapidement défini que nous ne parviendrons pas à nous comprendre, j'appelle Barbara Grosko. Une fois en relation avec elle, je lui explique ce que j'attends d'elle, à savoir signifier à la jeune femme qu'elle ne risque rien, et que nous allons la conduire à Brest auprès d'autres femmes, qui, comme elle, n'ont plus rien à craindre de ceux qui les obligeaient à faire commerce de leur corps. La conversation entre les deux Russes est courte. Un sourire de soulagement sur les lèvres, Victoria Petrov me rend mon téléphone.

Nous revenons à cinq vers les voitures, place des Otages. Le gentil Simon porte la valise, plus légère d'une grosse doudoune, car la femme avait froid. Elle non plus n'a pas mangé. Un hamburger obtenant la majorité des suffrages, nous convenons de nous arrêter dès que nous verrons l'enseigne d'un restaurant au service ultrarapide. Parce qu'il importe que notre passagère se sente en confiance, elle s'assoit à l'avant, près de Solène. Je prends le temps d'appeler Murielle pour lui dire que je ne rentrerai pas de bonne heure, loin s'en faut, mais une fois encore je tombe sur la messagerie. Je laisse un message lui demandant de me rappeler, et je monte à l'arrière.

Trente minutes plus tard, l'estomac plein, je monte en voiture avec Simon et Justin, cédant à Solène la tâche de driver sa protégée en lieu sûr. Quant à nous, nous prenons la direction du Finistère Sud.

X

Les soirées se suivent… et ne se ressemblent pas. Du moins partiellement. Certaines sont pires que d'autres. C'était le cas de la dernière, qui était pire que la précédente. Déjà, avant-hier, le coup de téléphone de Barbara avait bien embrouillé les esprits. À force de discuter, et d'exposer mes arguments, Murielle avait fini par admettre qu'il n'y avait pas de quoi fouetter un chat.

Hier soir, il était plus de 23 heures, quand ma voiture a dépassé le panneau qui, bien après la bretelle de voie express de Coat-Conq, annonce l'entrée de Concarneau. Je pensais que Murielle m'attendait, confortablement installée au salon devant la télé, ou plongée dans un roman. Il n'en était rien. Ne voyant nulle lumière dans la maison, j'en déduisis qu'elle était lasse de sa journée, et était montée se coucher, ce qui était tout à fait légitime. En fait, elle était effectivement montée se coucher, mais, sur la table de la cuisine, il y avait un papier sur lequel, d'une écriture manuscrite, elle s'inquiétait ironiquement de mon bien-être : *Alors, Barbara cuisine-t-elle bien ? À moins que vous ne soyez allés au restaurant… Je ne te souhaite pas bonne nuit. Tu peux aller dans la chambre d'amis. Ou dans ton appartement.*

Au vu de ma journée de boulot, qui comptait la bagatelle de 15 heures, c'était immérité. Je n'avais rien fait qui puisse justifier ce traitement. À ce régime, en deux jours je serai proche de la durée hebdomadaire légale de travail, et la récompense consistait en un carton jaune. Encore heureux qu'il ne soit pas rouge, mais quand même.

J'ai dormi dans la chambre d'amis, amis au pluriel car elle est dévolue aux copains de Thouaré-sur-Loire, Lætitia et Yves Perrot, quand ils nous font l'honneur d'un week-end en Cornouaille. Je n'ai pas pris l'option de filer à mon appartement de la rue Jules Simon, ce qui aurait marqué plus qu'il n'en faut une séparation, fut-elle d'une nuit. Dans mon esprit, rien dans mon attitude ne justifie que je sois assis au banc des accusés. Je n'ai rien fait de répréhensible, rien de condamnable. Après le petit déjeuner avalé en silence, j'ai pris le papier utilisé par Murielle, et j'ai griffonné au dos qu'elle pouvait m'appeler quand elle se réveillerait, sinon je le ferai dès que possible après 9 heures. Ne travaillant pas aujourd'hui, elle peut faire la grasse matinée.

Pas de douche ce matin, pour ne pas faire de bruit dans cette maison des années soixante à l'isolation phonique douteuse. Après une toilette sommaire, j'ai remis mes fringues de la veille, hormis les sous-vêtements, bien sûr, car Murielle en avait déposé sur le lit de la chambre d'amis. Bougon, j'ai pris ma voiture, direction Quimper. Une seule chose comptait : avoir une explication franche avec Murielle, et faire disparaître ses doutes quant à ma fidélité.

Nous ne sommes pas repassés par le bureau, hier, en revenant de Morlaix. Une touche clignote sur le téléphone, signe qu'on a tenté de me joindre. Mon ordinateur étant resté allumé, tout en retirant mon blouson, je peux constater qu'il y a une ribambelle de mails. Aujourd'hui encore, on ne va pas s'ennuyer. Assis sur mon fauteuil à roulettes, ce qui n'est pas indispensable car il n'y a pas de place pour se mouvoir à sa guise, je consulte d'abord les appels téléphoniques. Il n'y a pas de messages, mais je note néanmoins le numéro de deux appelants. M'intéressant ensuite aux mails, je lis le premier, qui provient de la capitaine Solène Bourbigot. Au passage, comme il y a l'intégralité de ses coordonnées, je remarque que son numéro de téléphone correspond à l'un des appelants d'hier après-midi. Elle a oublié de m'en parler hier soir. Courageusement, motivée à l'extrême, après avoir emmené la jeune Russe au centre d'accueil où elle a retrouvé ses copines, Solène est revenue au commissariat de la rue Colbert pour terminer son rapport à mon attention. Sa conscience professionnelle m'émerveille. Comme convenu, il y a bien en pièce jointe son rapport quant aux interventions et perquisitions de l'antenne brestoise de la PJ. J'imprime la totalité du document, agrafe les feuilles entre elles, et les range dans le dossier en compagnie des autres actes relatifs aux perquisitions sur Quimper et Douarnenez. Deux phrases pour remercier ma collègue et la prier de répercuter mes félicitations à son équipe, et je supprime le message pour passer au suivant.

Le second mail provient de l'adjudant Balthazar, de la gendarmerie de Douarnenez, et sur celui-là également il y a son numéro de téléphone, qui lui aussi est de la liste des deux m'ayant appelé hier, en toute fin de journée. Dans son mail, l'adjudant divulgue qu'il a lui-même assisté à l'autopsie, au pôle médico-légal de la Cavale Blanche, à Brest. Margot Besson, la légiste, n'a rien mis en lumière qui puisse contredire le décès par suicide de Diana Ramirik. Il s'agit là d'un rapide compte rendu, un exemplaire du rapport complet et définitif me sera transmis plus tard, dans une ou deux semaines.

J'évacue ensuite les mails sans intérêt, et classe ceux relatifs à d'autres affaires que je suivais avant que celle-ci ne nous monopolise totalement. J'y consacrerai du temps, et de l'énergie, quand nous serons débarrassés de cette enquête, dans un jour, ou deux, ou une semaine, ou…

Réagissant au bruit des pas de Suzy, je me lève et vais à sa rencontre.

— Bonjour Suzy, tu vas bien ? demandai-je en lui claquant une bise sur chaque joue après qu'elle eut écarté ses longs cheveux noirs.

— Je me sens lourde. Je me suis pesée, ce matin. J'ai pris onze kilos en quatre mois. Quand le bébé sera là, ce n'est plus le karaté que je pratiquerai, mais le sumo.

Ceinture noire deuxième dan, notre collègue est très douée dans cette discipline qu'elle pratique assidûment.

— Tu les perdras, dis-je d'un ton paternaliste, car comme beaucoup de femmes elle a besoin d'être rassurée sur son poids.

— Tu parles, tu n'en sais rien. Déjà onze kilos ! Qu'est-ce que ça va donner en septembre ? Cet été, si je vais à la plage, on me prendra pour une baleine échouée.

— Allez, arrête de te lamenter. C'est normal que tu prennes du poids. Après l'accouchement, tu reprendras le sport, et très vite tu élimineras les kilos superflus.

Pour changer de sujet, je lui raconte notre soirée. Sur le coup, elle confesse qu'il ne serait pas surprenant que Justin et Simon arrivent un peu plus tard ce matin.

Comme envisagé hier au tribunal, nous convenons qu'elle attende Barbara Grosko et qu'ensemble elles s'affaireront autour du téléphone portable et de l'ordinateur de Vladimir Korovak. En ce qui me concerne, une balade pédestre à la trésorerie municipale s'impose. Il y a en effet dans le coffre-fort de mon bureau une somme d'argent qui serait bien mieux sur le compte justice. Mais pour cela, il me faut l'aval du juge d'instruction.

— Allô ! fait-il d'une voix sans entrain dès la première sonnerie.

— Bonjour Monsieur le Juge. Ici le capitaine Moreau.

— Bonjour, s'écrit-il soudain plus jouasse, comme si j'apportais un rayon de soleil dans sa matinée embrumée. Comment allez-vous ?

— Bien, et vous-même ?

— Ça va. J'ai vu hier le procureur Colinet, qui m'a annoncé la sanction retenue contre le proxénète des femmes russes. Ça me semble une peine équitable, qui satisfait le ministère public et ne poussera pas la partie adverse à faire appel. Souhaitons-le, en tout cas. Vous l'avez vous-même dirigé vers une maison d'arrêt ?

— Oui, en compagnie de mes collègues. D'ailleurs, après cela, nous sommes allés rencontrer la capitaine Bourbigot, de la PJ de Brest, pour faire le point sur le dossier. Lorsque nous y étions, la police de Morlaix nous a prévenus qu'elle avait mis le grappin sur la femme qui s'était fait la belle. Nous sommes allés la récupérer, et à l'heure actuelle, elle est en compagnie de ses consœurs, au centre d'accueil de Brest.

— Je vois de quoi vous parlez, le lieutenant Douguet m'avait contacté pour la mettre en garde à vue. C'est une bonne chose de réglée, vous pouvez passer à la suite.

— Tout à fait. Outre pour discuter des derniers événements, c'est d'ailleurs dans ce but que je vous contacte : je n'en ai pas eu le temps durant la garde à vue, alors maintenant que nous sommes un peu moins sous pression, j'aimerais déposer à la trésorerie l'argent confisqué à Korovak. Pour cela, m'autorisez-vous à briser les scellés.

— Bien entendu. Il y en a pour combien en tout ?

— Il avait cinq mille cinq cents euros dans les poches de son blouson, et dix mille dans le double-fond de sa valise.

— Belle somme, au total, qu'il a sûrement détournée à l'insu des responsables du réseau. Vous avez mon accord pour briser les scellés. Cet enfoiré de Korovak étant à l'ombre, comment voyez-vous la suite, capitaine Moreau ?

— Assez simplement, finalement : pendant que nous essayons de déterminer qui depuis Brest tire les ficelles et réceptionne les filles, il me faudrait votre accord pour déléguer à la DIPJ* lyonnaise la charge de mettre la main sur Martina Nemdori.

— La mère maquerelle ? Allez-y, entrez-en contact avec vos homologues lyonnais. Ils ne vous refuseront pas ce service, et si nécessaire, faites usage de la commission rogatoire.

— Merci, Monsieur le Juge. Bonne journée.

*Direction Interrégionale de Police Judiciaire.

Délivrées des scellés, les liasses de billets gonflent mes poches. Fermeture Éclair de mon blouson relevée, je sors du commissariat. Il n'y avait que cinq degrés quand j'ai quitté Concarneau au petit matin, mais il y en a déjà trois ou quatre de plus. Regardant vers l'est en attendant que le feu tricolore passe au rouge pour que je traverse, les lueurs de toute une variété d'orangés laissent augurer d'une belle journée. Marchant d'un bon pas, je franchis le pont de l'Odet et poursuis vers la Poste centrale, tout en sélectionnant dans le répertoire de mon portable le numéro de mes homologues de la cité des Gones.

— Allô !

La prise de contact est brève, laconique, comme il se doit. Il ne faut pas espérer plus, bien évidemment. Nul ne claironne son prénom et le nom de sa direction ou de son service de police. Cela pourrait se révéler fâcheux, s'il s'agissait d'une erreur.

— Bonjour. Capitaine Maxime Moreau, de l'antenne de PJ de Quimper. Je souhaiterais obtenir de vos services une opération de surveillance sur une personne domiciliée à Lyon.

— Je vous passe mon responsable. Une petite seconde…

Guère plus, en effet.

— Capitaine Moreau, je suis le capitaine Olivier Dubrac. Tu as besoin d'aide ?

Comme cela se fait le plus souvent, le tutoiement est de rigueur.

— Salut. Oui, je t'explique : je dépends de l'antenne de PJ de Quimper. On a mis hors d'état un réseau de prostitution qui concerne des ressortissantes de Russie. Nous avons pu établir qu'avant d'être disséminées sur le grand Ouest, les filles atterrissaient à Lyon, où une dirigeante est chargée de les dresser pour qu'elles remboursent le prix du voyage. Quand elles sont matées, elle leur remet à chacune un téléphone portable, qu'elle utilise ensuite pour leur transmettre individuellement les jours et heures de visite des clients, dont elle enregistre sur un site internet les prises de rendez-vous.

— Je vois le fonctionnement. Tu en sais plus sur cette femme ?

— Seulement son prénom et son nom, Martina Nemdori. C'est léger comme information.

— Ce nom ne me dit rien. Il nous est arrivé plusieurs fois d'arrêter des prostituées russes, mais jamais nous n'avons pu remonter jusqu'à la source. C'est peut-être la même.

— Possible. Pour recevoir les clients, les filles disposent d'un appartement, des meublés plus exactement, et toutes les deux semaines elles déménagent pour une autre destination.

— C'est aussi ce que nous avons pu observer, sans jamais pouvoir remonter plus loin. C'est sûrement le même réseau. Tu es mieux informé que nous, sur ce coup, car tu as une identité.

— C'est peut-être un pseudo. C'est celui de sa boîte mail, avec laquelle elle conversait avec le gazier qui, à Quimper, récupérait les filles à la gare et les emmenait vers les meublés. Ce gars est embastillé depuis hier soir.

— Vous avez fait parler son mobile ou son ordinateur ?

— Il avait les deux. On l'a fait avec le concours d'une traductrice, et on continue à le faire.

Un silence extériorise sa reconnaissance du travail effectué.

— Je vais lancer deux agents sur cette piste. Je ne te cache pas que ce milieu est difficile à infiltrer, mais peut-être glaneront-ils une info.

— Merci, c'est sympa. Je vais demander à la traductrice de s'entretenir à nouveau avec les filles. Elles se souviendront peut-être d'un détail sur l'endroit où elles étaient séquestrées.

— D'accord. Reviens vers moi, si tu en sais plus. À bientôt !

Le temps de cette discussion, je suis à quelques mètres du Centre des finances publiques, plus prosaïquement désigné comme la Trésorerie municipale. Comme il n'y a personne, l'agent d'accueil s'occupe de moi. Il compte et recompte les billets, puis me délivre un reçu, que j'ajouterai aux pièces du dossier. À peine sorti, je téléphone à Murielle, sur son portable. Je redoute un instant qu'elle refuse l'appel, mais elle répond.

— Allô !

— C'est moi, tu as bien dormi ?

Je ne me suis pas foulé pour la prise de contact. Il va falloir que je fasse mieux !

— Je n'ai pas fait de bruit, ce matin ? Je ne t'ai pas réveillée ?

— Non. À quelle heure es-tu rentré hier soir ?

— Un peu après 11 heures… Tu boudes ?

Moi qui voulais mettre les formes, j'ai prononcé ces deux mots sur un mode surpris, alors que son attitude est aussi claire que les phrases écrites hier soir. Rattraper le coup, à tout prix…

— Je veux dire qu'il n'y a aucune raison que tu fasses la tête. J'étais au boulot.

— Menteur ! Pendant que tu dormais, je suis descendue de la chambre, et j'ai vérifié ton portable. Hier soir, vers 8 heures et demie, tu as téléphoné à cette Barbara Grosko.

— Mais c'était pour le boulot ! Je n'ai rien à te cacher. J'étais à Morlaix, au commissariat, j'avais besoin qu'elle dise quelques mots à une femme de son pays pour la rassurer.

Murielle n'objecte rien. Ne pas lui en laisser le temps.

— C'était une prostituée en fuite. Elle avait peur de nous, elle redoutait d'être enfermée en cellule ou jetée en prison. Il fallait qu'elle ait confiance en nous pour nous suivre. Barbara lui a expliqué qu'elle allait retrouver ses copines, et ça s'est arrêté là. Nous l'avons ramenée à Brest, et une collègue l'a dirigée vers un centre d'accueil pour femmes en détresse. En route, on a fait une halte pour manger vite fait bien fait, et on a repris la route vers Quimper. Simon et Justin étaient avec moi. Dis, tu ne veux quand même pas le leur demander, si ! Tu n'as pas confiance en moi ?

— Si, bien sûr… mais avoue que cette Barbara revient beaucoup dans ta vie en ce moment.

— Tout simplement parce que nous bossons sur un gros dossier qui concerne des Russes, dont plusieurs ne maîtrisent pas le français. Nous sommes bien obligés de faire appel à elle.

Rien ne valant la franchise, je prends le parti de lui conter la vérité.

— Lorsqu'elle a téléphoné, avant-hier soir, quand j'étais sous la douche, c'était pour m'inviter au restaurant. Elle a remarqué que je ne porte pas d'alliance, alors elle m'a cru célibataire. Dès hier après-midi, j'ai remis les pendules à l'heure. Je lui ai parlé de toi, elle n'était pas surprise vu qu'elle avait entendu ta voix au téléphone, et le débat était clos. Il ne faut pas chercher plus loin. Elle sait désormais à quoi s'en tenir. Il n'y a vraiment rien, je t'assure.

— C'est toi qui le dis. Elle reviendra peut-être à la charge.

— Elle ne le fera pas, j'ai été ferme… On fait la paix ?

Comme elle ne répond pas instantanément, j'insiste :

— Murielle, on fait la paix ?

— Oui !

— Tu sais, il y aurait une solution pour que pareille mésaventure ne se reproduise pas.

— Laquelle ?

— Je te laisse chercher. Si tu ne trouves pas, je te la dirai ce soir. Bonne journée !

— À toi aussi.

— Bisou !

— Bisou !

Cette mise au point, et ce rabibochage partiel qu'il conviendra d'achever ce soir, m'a occupé jusqu'aux marches du commissariat.

Ragaillardi, j'escalade promptement les trois étages. Dans son bureau, Suzy et Barbara ont le regard braqué sur l'ordinateur de Vladimir Korovak. Je serre la main de la traductrice, et aussitôt leur donne pour objectif d'aller interroger les jeunes femmes russes, au centre d'accueil, pour vérifier si un indice leur reviendrait quant au lieu dans lequel elles furent reçues lors de leur arrivée à Lyon.

N'importe quel détail serait intéressant : proximité d'un parc, d'un immeuble imposant, d'une usine, d'une autoroute ou d'une voie à forte circulation…

Tandis qu'elles se préparent à se carapater, je vais saluer Justin et Simon. Dans le bureau du

Martiniquais, tous deux sont penchés sur les relevés téléphoniques de Korovak.

— Je ne vois qu'une solution pour découvrir qui sont les proprios des portables qui étaient souvent en ligne avec le Russkof, soumet Simon : il faudrait mettre les turlus sous écoute. À travers une conversation, on pourrait capter un renseignement qui nous mettrait sur leur piste.

— Pas bête !

— Ça pourrait être une conversation avec un garagiste, un coiffeur, ou je ne sais quel artisan. Il nous suffirait de rappeler le gars en question, ou de lui rendre visite, et on saurait à qui on a affaire.

— Vraiment pas bête. Je vois avec Desmant s'il est d'accord.

Je lance l'appel, et en attendant d'être en liaison avec le juge d'instruction, je marche vers mon bureau.

Le magistrat tardant à répondre, je m'assois devant l'ordinateur, et consulte mes mails. Un seul est arrivé depuis mon départ à la Trésorerie municipale. Il provient d'Interpol. D'un index fébrile, je l'ouvre. Supposant qu'il y a peut-être du croustillant à apprendre, je coupe la communication et entame la lecture. Elle ne me prend qu'une minute. Vladimir Korovak est bel et bien l'identité du proxénète. Dans son pays, des coups d'éclats lui ont valu plusieurs passages devant un tribunal. Il a ainsi déjà été condamné à des peines d'enfermement pour coups et blessures en récidive, vols, recels, et une autre fois plus lourdement pour son implication dans un réseau de prostitution. Cette dernière condamnation n'est pas pour m'étonner. Nanti de ces informations complémentaires, je relance l'appel à Hugo Desmant.

— Monsieur le Juge, c'est une fois de plus le capitaine Moreau. Vous allez penser que j'abuse.

— Pas du tout. Qu'y a-t-il de neuf depuis tout à l'heure ?

— Les Russes ont fait fissa pour la demande d'Interpol. Il s'avère que Korovak a séjourné à maintes occasions en prison. Il en est sorti il y a quatre ans. Sa plus lourde peine, la dernière, avait pour mobile le proxénétisme.

— Il préparait son avenir ! Sa carrière était toute tracée.

— Il faut croire que l'expérience lui a plu. En constatant la réactivité des autorités russes, il m'est venu l'idée que ce serait bien de demander des renseignements sur Martina Nemdori et Boris Ouklov.

— Ouklov, c'est bien le type à qui était destiné l'argent de la Western Union ?

— C'est exactement cela. Pour remonter jusqu'à Martina Nemdori, dont nous ignorons tout jusqu'ici, nous devons nous donner le maximum de chances. Plus nous en saurons sur elle, plus nous aurons de chances de la coincer. Le capitaine Dubrac, de la DIPJ de Lyon, n'a rien sur cette femme.

— Hum, finement réfléchi. Vous avez ma bénédiction pour contacter Interpol au sujet de ces deux personnages. Rien d'autre ?

— Si. En épluchant les relevés téléphoniques de Korovak, seulement deux numéros de téléphone nous sont étrangers. Les autres sont ceux des filles et n'ont strictement rien à voir avec l'affaire. Il serait indispensable qu'on mette ces deux numéros sous écoute. Ils sont attribués à des personnes qui ont perdu leurs papiers officiels il y a plusieurs années, et qui toutes les deux habitent Brest ou les communes périphériques.

— Vous m'énervez, Moreau. Vous m'énervez, et en même temps votre manière de faire me plaît. Vous possédez un incroyable talent pour exposer vos doléances, de sorte qu'il m'est quasiment toujours impossible de dire non. Allez, accordées aussi les écoutes ! Ma secrétaire vous fait parvenir deux commissions rogatoires, une pour la DIPJ de Lyon, l'autre pour les écoutes.

*

Pendant que mes équipiers font le nécessaire pour les écoutes, je m'isole dans mon bureau. Notre époque est dite celle de la communication. Un coup de fil ou un clic sur la souris de l'ordinateur, et en un temps record tout est simplifié. On est en lien avec le monde entier. Le monde entier, sauf la Russie, toujours aussi hermétique. Alors que tout pourrait être plus rapide, comme pour Korovak, je dois, sur l'écran, remplir le formulaire-type d'Interpol pour connaître le pedigree de Martina Nemdori et Boris Ouklov. Je suis donc scrupuleusement le déroulé du document, étape par étape. Pas moyen de faire autrement. Que des champs obligatoires, chaque rubrique doit être complétée.

Une courte sonnerie de mon téléphone portable annonce un message. Il émane de Murielle. « *Je crois que j'ai trouvé ta solution…* » N'ayant pas la dextérité des jeunes, c'est d'un doigt que je tape « *Surprise !* », ce qui, même s'il n'y a pas un point d'interrogation mais d'exclamation, peut être interprété comme la surprise que je lui réserve pour ce soir, ou comme sa réaction en réalisant ce dont il s'agit.

Juste quand j'appuie sur la touche d'envoi, *Whole Lotta love* retentit, un extrait de la chanson du groupe Led Zeppelin, que j'ai choisi pour l'indicatif de mon portable.

— Oui, Suzy !

— Banco ! s'écrit-elle sans tenter de cacher son excitation. Gros coup de bol, la première fille interrogée se souvient en grande partie des lieux. Elle ignore le nom de la rue, mais elle dit que c'est le long d'un fleuve.

— Le Rhône.

— Merci Max ! Je ne suis pas fortiche en géographie, mais j'avais saisi.

— Excuse, ça m'a échappé.

— Pas grave. Bref, il y a des détails qui devraient permettre de repérer le logement. Elle garde en mémoire un pont qui part sur la gauche. Il est à sens unique, dans le sens pour rejoindre la voie sur laquelle elles étaient dans la voiture qui les a amenées chez la mère maquerelle. Un long et large pont, aux rambardes d'une couleur bleu-vert. Sur l'autre rive, il y a un imposant bâtiment, qui, dans son milieu, est surmonté d'une grande coupole.

— C'est assez précis, ça devrait nous être utile. Elle n'a pas gaffé le numéro, par hasard ?

— Non, malheureusement. Je ne connais rien à l'alphabet cyrillique, et il est possible que nos chiffres ne lui auraient rien dit non plus.

— Je n'avais pas pensé à ça.

— En revanche, à la hauteur de ce pont, il y a des feux de circulation. La mère maquerelle et son bonhomme habitent à une trentaine de mètres après ces feux, dans un immeuble assez luxueux, où ils occupent les deux derniers étages.

— Top, ça réduit le champ des investigations. Tu as une description physique du couple ?

— Attends, je demande à Barbara.

Je patiente un peu, puis Suzy reprend :

— Elle a une petite quarantaine d'années, un peu boulotte, très apprêtée, blonde platine. Lui, c'est une espèce de gros nounours chevelu, barbu, et moustachu. Le même âge que sa moitié.

— Merci pour tout, Suzy.

— Je questionne les autres filles. Si j'ai du neuf, je t'avertis dans la seconde.

Sans quitter mon siège, j'appelle tout de suite la DIPJ de Lyon, et demande à être mis en relation avec mon contact, le capitaine Olivier Dubrac. Je répète alors les renseignements glanés par Suzy et Barbara.

— Je vois le secteur, déclare Dubrac avec assurance. Cette grande construction dépend de l'université Jean Moulin III. Maintenant que tu as logé ta cliente, je vais avec mon équipe de l'autre côté du Rhône. Ce sera un jeu d'enfant que de repérer l'immeuble, et ses résidents. Tu auras de mes nouvelles dès qu'ils seront interpellés.

— Génial. Tu recevras la CR dans une minute ou deux.

Le tutoiement s'est instauré, comme souvent entre deux flics, même s'ils ne se sont jamais croisés. À mon tour, je décris le couple pour lui mâcher le travail, avant de conclure par un « merci d'avance » de bon aloi.

Content que cette affaire connaisse un rebondissement qui laisse entrevoir qu'elle sera certainement résolue dans les heures qui viennent, je ne peux conserver l'exclusivité de la teneur de cet appel. Autour d'un café, Simon, Justin, et moi, évoquons les derniers pans de l'affaire. Nul doute que Martina Nemdori craquera et donnera les coordonnées des deux Brestois, ainsi que celles de leurs alter ego du grand Ouest. Des coups de filets simultanés extrairont bien des femmes de leur pitoyable condition, et rempliront un peu plus nos prisons déjà surchargées.

Nous voudrions être aux côtés de nos collègues lyonnais. Forcés à l'inaction, le temps n'en passe que moins vite. Pour ajouter à la morosité, Justin et Simon sont dépités, car les écoutes sont stériles. Pas le moindre SMS, rien. Il est plus que plausible que les propriétaires des deux numéros se doutent que nous attendons le moindre faux pas pour les alpaguer. Une erreur de leur part étant peu crédible, nous devons tout miser sur l'interpellation de Martina Nemdori et son homme.

À aucun moment je n'ai demandé à Dubrac le numéro de son portable. Je le regrette maintenant, et d'un autre côté je me fais la réflexion qu'il n'apprécierait pas d'être dérangé dans son travail. Sans nouvelles, je dois ronger mon frein.

*

Comme la plupart des midis, lorsqu'une affaire ne nous emporte pas trop loin de notre base, nous sommes allés déjeuner au restaurant administratif. Nous sommes toujours une tablée de flics de différents services à nous réunir, alors inexorablement on parle boulot. En fait, la pause déjeuner n'est jamais à cent pour cent un moment de détente. Aujourd'hui, au départ, nous étions tous les trois, Simon, Justin, et moi. Aucun de nous n'avait très faim et peu loquaces, nous n'échangions que des banalités, puis des collègues se sont attablés. L'un a balancé la dernière blague entendue, et l'ambiance s'est détendue.

De retour au bureau, une période d'indécision s'installe. Que pouvons-nous faire ? Nous sommes dans l'attente de renseignements qui dicteront la suite des événements, mais pour l'instant nous tournons en rond, intellectuellement veux-je dire, et non comme un poisson rouge dans son bocal. Tandis que Suzy et Barbara concentrent leurs efforts sur l'ordinateur de Korovak, et que Simon et Justin épluchent une fois de plus les relevés téléphoniques de Korovak et des filles, je reprends les documents en notre possession pour y repérer un élément qui de prime abord nous aurait échappé, et qui serait susceptible de nous mettre sur une piste. Je relis les procès-verbaux de Korovak et des femmes libérées, sans rien dénicher d'intéressant.

Suzy a pensé aux réseaux sociaux, mais Vladimir n'est pas adepte de ces moyens de communication. Ou alors, sur la toile il se sert d'un pseudo, ce qui signifie qu'on ne le découvrira jamais. Le silence qui règne au troisième étage du commissariat prouve notre abattement.

À Brest, la capitaine Solène Bourbigot, elle aussi, cherche un fil conducteur.

Le temps qui passe me tape sur les nerfs. Comment

se fait-il que nous n'ayons pas de nouvelles de Lyon ?

Vers 15 heures, la sonnerie du téléphone apporte un peu de divertissement, et, nous l'espérons, une base de prospection.

— Capitaine Moreau ?

— Oui, fais-je soupirant de soulagement et en me redressant sur mon fauteuil.

— Capitaine Dubrac à l'appareil. Avec mon équipe, nous avons interrogé le voisinage pour loger avec certitude Martina Nemdori. Quand ça a été fait, nous avons décidé de la serrer. Peine perdue, les oiseaux se sont envolés durant la nuit.

— Et merde !

— Nous avons le même vocabulaire. C'est aussi ce que j'ai dit en l'apprenant.

— Tu parles au pluriel. Martina Nemdori ne vit pas seule ?

— Non. Elle vit avec un gars du nom d'Anatoli Bouljikov. Il n'y a rien sur lui aux dossiers. Ni sur elle, d'ailleurs. Ils ne sont pas mariés mais vivent ensemble depuis longtemps.

— Tu sais s'il s'agit d'un départ précipité ou non ?

— Aucune idée. Un voisin affirme les avoir vus charger leur voiture, une Mercedes haut de gamme, aux alentours de 11 heures hier soir.

— Elle est immatriculée en France ?

— Oui. S'ils sont restés sur le territoire national, on devrait les coincer. Dans la foulée, on a élargi l'enquête de voisinage. Nous avons pu établir qu'ils n'ont pas d'enfant, et peu d'amis. J'allais te proposer de voir du côté des banques, pour bloquer leurs avoirs.

— C'est une solution, mais s'ils sont partis tout simplement en vacances à l'étranger, cette initiative pourrait leur mettre la puce à l'oreille. Dans ce cas, aucune chance qu'ils reviennent.

— Pas faux.

— Tu penses qu'une perquise de leur appartement pourrait nous aider à y voir plus claire ?

— Il n'y a qu'en y allant qu'on saura. On peut, si tu veux.

— Je vois avec le juge d'instruction. À tout de suite !

Contacté, Hugo Desmant ne s'y oppose pas. Je rappelle Olivier Dubrac.

— C'est bon pour la perquise ! Tu me tiens au courant.

— Pas de souci. Et j'envoie une équipe interroger la femme de ménage. Elle aura peut-être une info de qualité.

*

En fin d'après-midi, alors que je bous de ne pouvoir me rendre utile, le téléphone sonne enfin.

— Moreau, c'est Dubrac.

— Alors, qu'est-ce que la perquisition du logement a donné ?

— Ce n'est pas un logement, c'est un palace ! Près de trois cents mètres carrés, sur deux étages. Du mobilier de qualité, des tapis épais, des traces aux murs qui révèlent que des tableaux ont été retirés… Le grand luxe. Pour être plus terre à terre, la perquise n'a rien démontré d'autre que la disparition du matériel informatique. Ils n'ont pas pris le temps de vider le dressing qui est deux fois plus grand que ma chambre. Rien qu'en fringues, il y en a pour des tunes.

— Ils ont donc filé à la hâte.

— C'est clair. Ils auraient été prévenus que ça chauffait pour leur matricule qu'ils ne seraient pas partis plus vite. C'est d'ailleurs ce qu'a confirmé la femme de ménage. Nemdori lui a dit, hier vers 20 heures, après le dîner, qu'il était inutile qu'elle revienne aujourd'hui. Elle pouvait prendre des vacances, elle la préviendrait quand elle serait de retour.

— Je vais mettre la machine en branle pour essayer de les repérer. Merci pour le coup de main. À charge de revanche !

— T'inquiète, c'était un plaisir. Bye !

Je passe la demi-heure qui suit à contacter les aéroports dans un rayon de trois cents kilomètres autour de Lyon, mais aucun n'a enregistré depuis hier soir un départ aux noms de Martina Nemdori et Anatoli Bouljikov. Idem auprès de la SNCF. Reste la voiture, mais dans quelle direction auraient-ils roulé ? L'Italie est relativement proche, mais ce pourrait être n'importe quelle destination. J'obtiens d'Hugo Desmant l'autorisation de requérir l'aide des sociétés propriétaires des autoroutes qui mènent vers les pays limitrophes, une fuite en direction de la Russie étant possible, mais pour nous octroyer plus de chances je ne néglige pas non plus les directions vers l'Espagne et Paris.

Les heures se sont écoulées. Suzy et Barbara Grosko nous ont quittés les premières, sans avoir découvert dans l'ordinateur de Korovak un élément ayant un minimum d'intérêt. Il n'y avait pas un mail auquel répondre. C'était le calme plat. Justin et Simon les ont suivies peu après, proposant de revenir durant le week-end si un élément d'importance venait à émerger. Le téléphone portable du Russe n'a plus de mystère pour eux maintenant, et s'il renfermait un indice, ils l'auraient déniché.

Je suis le dernier, attendant un hypothétique coup de téléphone ou mail. De guerre lasse, je pars vers 18 heures 30, me jurant d'interroger régulièrement ma messagerie professionnelle depuis la maison.

En arrivant à Concarneau, ce soir non plus je ne m'offre pas un tour sur la corniche. À la maison, Murielle m'attend. Et nous avons beaucoup de choses à nous dire.

— Je suis là !

Pas de réponse, pas un bruit dans la maison. Est-ce une troisième mauvaise soirée qui se présente ?

J'accroche mon blouson au portemanteau, défais les lacets de mes chaussures, enfile mes chaussons. Au salon, une lampe est allumée, conférant une douce lumière à la pièce. Murielle est assise sur le canapé. Elle glisse un marque-page dans le livre ouvert qu'elle tient, le referme et le pose sur la table basse.

— Moi aussi, je suis là. Tu es plus tôt que les autres jours.

Elle a dit cela sur le ton de la plaisanterie. Je m'approche, tends les lèvres pour le baiser habituel qu'elle ne refuse pas.

— Nous avons à discuter. Assieds-toi près de moi.

À son intonation neutre, impossible de supposer si la conversation sera bienveillante ou au contraire tendue. Après m'être éclairci la voix d'un léger raclement de gorge, je me lance :

— Par SMS, je t'ai promis une surprise, ce soir. Tu as deviné laquelle ?

— Je crois, oui. Mais je veux l'entendre de ta bouche.

— Les deux derniers jours étaient compliqués. Je ne vais pas chercher l'excuse de la surcharge de boulot, ou des trucs de ce genre. Il y a eu un ensemble de quiproquos dignes d'un vaudeville. Mais je n'y étais pour rien. Cette Barbara, que tu vois comme une rivale, ne compte pas dans ma vie. Ce sont des circonstances professionnelles qui font que nous avons été amenés à travailler ensemble. On ne se connaissait pas avant, on ne se verra sans doute plus jamais, ou alors par le plus grand des hasards. Il n'y a rien entre elle et moi, et il n'y aura jamais rien ! Tu peux téléphoner à mes collègues, en particulier à Suzy qui est une féministe avertie, tous te garantiront ce que je te dis.

— Ça, ce n'est pas une surprise, c'est une explication.

— J'y arrive, à la surprise. J'étais malheureux que tu mettes en doute ma bonne foi, que tu ne me crois pas. Il n'y a que toi qui compte pour moi. Tu es la seule femme que j'aime. Si tu ne crois pas mes paroles, peut-être auras-tu plus confiance en mon engagement… Je le souhaite, en tout cas, alors… Murielle, veux-tu m'épouser ?

XI

Nous en sommes au même point. Cinq jours se sont écoulés, durant lesquels nous n'avons pu identifier les propriétaires des deux portables qui, à Brest, étaient en lien avec le réseau de prostitution. Les lignes sont toujours sous écoute, mais il n'y a aucun appel transmis ou reçu, pas plus que de SMS. Leurs utilisateurs se savent traqués, et ne commettent pas la plus petite bévue. D'ailleurs, sont-ils toujours dans la région ? Rien ne l'indique, car les appareils ne sont pas d'un modèle récent, et de ce fait ne peuvent être repérés par une géolocalisation hyper précise.

Pour la piste lyonnaise, Martina Nemdori et Anatoli Bouljikov sont toujours en fuite. Le lendemain de leur départ précipité, leur Mercedes a été repérée à une quarantaine de kilomètres à l'ouest de Lyon, dans une allée du parc naturel régional Livradois-Forez. Ce n'était qu'un amas fumant, dont il ne restait plus que la carrosserie et le moteur. Évidemment, elle n'a livré aucun indice aux techniciens de l'identité judiciaire. Se pose maintenant la question de savoir comment se déplace le couple. Olivier Dubrac et ses collègues de la DIPJ de Lyon ont fait le tour des agences de location de véhicules, mais sont revenus bredouilles. Les responsables sont formels : ils n'ont pas loué, que ce soient pour quelques heures ou plusieurs jours, de véhicule à des ressortissants russes. Alors, sont-ils retournés dans leur pays d'origine par un autre moyen de transport, ou se cachent-ils quelque part en France, ou plus largement en Europe ? Il est probable que, comme Korovak, ils disposent d'un passeport correspondant à une identité bidon, ce qui complique, voire anéantit toute recherche. Pour preuve que nous ne baissons pas les bras, deux agents de Dubrac tentent toujours d'infiltrer la diaspora russe, mais sans résultat jusqu'ici… La police de l'air et des frontières aussi est impuissante. Parce qu'il ne faut rien négliger, j'ai sollicité la SNCF tous les jours depuis vendredi, mais là encore chou blanc. Depuis les attentats terroristes de 2015, l'identité des voyageurs est en effet demandée, mais il n'y a rien aux noms de Nemdori ou Bouljikov.

Barbara Grosko m'a transmis une facture qui reprend les heures passées avec nous, facture que j'ai fait suivre à l'administration. Peut-être aurons-nous encore besoin de ses services, mais pour l'heure ce n'est pas d'actualité, ce qui comble d'aise Murielle. Les incidents de la semaine passée sont aux oubliettes, notre vie de couple a repris telle qu'elle était avant l'intrusion de l'interprète dans ma vie professionnelle, égayée par ma demande en mariage et le oui spontané de Murielle. Nous n'avons pas fixé de date, mais ce sera prochainement d'actualité. Secrètement, il est clair que je souhaiterais que Barbara soit dans nos locaux, car cela signifierait que nous progressons.

Ce mercredi matin, je suis en train de réfléchir à ce que nous pourrions faire. Non seulement l'enquête doit avancer, mais il convient également de montrer au juge d'instruction Hugo Desmant que nous ne lâchons pas l'affaire. Lors de notre dernier entretien téléphonique, la veille, il était limite désagréable, conscient que nous n'avons plus de grain à moudre depuis un moment. La sonnerie du téléphone posé sur mon bureau retentit, coupant net ma réflexion.

— Salut Maxime, c'est Solène. Ça avance, ton enquête ?

— Non. Stand-by complet. Enfin pas tout à fait, mais rien de folichon.

— Eh bien je suis la porteuse de bonnes nouvelles ! Tu y crois, toi, au hasard ?

— Qu'est-ce que c'est que cette question ? Je n'ai pas trop envie d'y répondre, alléché par ta bonne nouvelle, mais je me plie à ton petit jeu, car sinon je suppose que tu vas me faire languir plus qu'il n'en faut. Alors oui, je crois au hasard.

— D'accord. Et fais-tu une différence entre hasard et coïncidence ?

— Solène, je vais perdre patience. Bon, le hasard peut correspondre à une part de chance, qui va faire qu'on va obtenir une information déterminante alors qu'on ne s'y attendait pas, tandis qu'une coïncidence est un concours de circonstances, qui font que des éléments correspondent très exactement l'un à l'autre, voire trop exactement, pour qu'on puisse les ignorer.

— Bien torchées, tes définitions. Pour te récompenser, voici ce que l'on vient de me transmettre, et que tu rangeras à ta convenance dans la colonne hasard ou coïncidence. Hier soir, vers 18 heures, un type est venu porter plainte contre son épouse, pour mauvais traitement à enfant.

Enfin du concret mais son petit jeu commençait à me courir sur le haricot.

— Quel rapport avec notre affaire ?

— J'y arrive. L'OPJ* qui a enregistré sa plainte vient de me prévenir à l'instant, à mon arrivée au commissariat, car il était au courant de nos perquises dans les meublés occupés par des ressortissantes russes. Figure-toi que l'homme, natif du Conquet et habitant à Brest depuis des lustres, est marié à une Russe.

Un silence accueille ce scoop qui aurait peut-être mérité un roulement de tambour. Je saisis maintenant

*Officier de Police Judiciaire.

pourquoi Solène me demandait si je faisais un distinguo entre hasard et coïncidence. Si coïncidence il y avait quant à la nationalité de cette femme, ce serait un fâcheux hasard, mais pour le définir nous avions un axe de travail qui devrait rapidement éclaircir la situation.

— Je distingue le lien. Je ne vois pas encore comment cela peut impacter notre dossier, mais tu vas lever le voile.

— Tu vas vite comprendre : au départ, il est venu pour déposer une plainte contre sa femme. Il souhaite divorcer, et il voyait là une occasion d'apporter une pièce qui se révélerait importante pour que le juge lui attribue la garde de la gamine. Mais au cours de l'audition, pour mieux faire plonger sa femme, il a ajouté qu'il lui est fréquemment arrivé de voir des liasses de billets de banque dans son sac à main. Il ne sait pas d'où provient cet argent, mais il suspecte une activité louche. Tu vois maintenant où je veux en venir ?

— Il faudrait être aveugle. Tu sais comment remonter à ce gazier ?

— Oui. Il est parti tout de suite après son dépôt de plainte, mais nous avons ses coordonnées. Il se nomme Christophe Marronnier, et habite Brest.

— Regarde dans les fichiers ce dont nous disposons au sujet de ce couple. On saute dans une bagnole, et on file te rejoindre.

Le combiné toujours à la main, je hèle mes partenaires :

— On décolle tous les quatre ! Direction Brest ! Je vous raconterai dans la voiture !

*

Comme souvent, c'est Simon qui a pris le volant. En fait, lui, Suzy, et Justin, étaient tellement avides d'informations que, dès le rez-de-chaussée du commissariat, ils étaient déjà avertis de ce rebondissement. Nous ressentions au fond de nous la montée d'adrénaline qui fait que nous aimons notre job, mais également la crainte d'être déçus si la source de revenus de la dame Marronnier était on ne peut plus légale. Inévitablement, le trajet nous parut plus long que d'habitude, alors que nos conversations ne se tarirent pas une seconde, ou presque.

À l'hôtel de police de la rue Colbert, la priorité est d'aller saluer le commandant Claude Tammet, qui commande les antennes de police judiciaire de Brest et Quimper.

— Content de te revoir sur pied ! s'exclame Simon dès le seuil de la porte du bureau demeuré ouverte.

— Ah, salut les Quimpérois ! Comment ça va ?

— C'est à toi qu'il faut le demander. Tu es bien remis de ta crève ?

— Oui, ça va maintenant. Mais j'ai été secoué. Fièvre, nez qui coule, quintes de toux jusqu'à en avoir des vertiges, jambes en coton… Je n'étais vraiment pas au top. Mais c'est reparti pour un tour. Vous ne m'aurez pas comme ça !

Quelques rires polis, puis il s'enquiert :

— Vous venez voir Solène ?

— Oui. Elle a obtenu une info de première bourre, alors on a rappliqué aussi vite qu'on a pu.

— Elle m'a raconté l'affaire dans les grandes lignes, mais comme c'est elle qui vous seconde depuis le début, je ne marche pas sur ses plates-bandes. Elle vous attend dans son bureau.

Solène Bourbigot est en compagnie du lieutenant Wilfrid Dauchez et du brigadier-chef Enzo Arslan. Dauchez a sensiblement le même âge que moi, mais des poils au menton contribuent à lui donner l'air plus jeune, à m'en rendre presque jaloux. Arslan, quant à lui, est un pur Ti-Zef, un authentique Brestois, ce qui est d'un intérêt non négligeable dans notre boulot car il connaît la ville dans ses moindres recoins.

Bise à la capitaine, main serrée aux deux adjoints, et nous nous agglutinons tous les sept dans le faible espace.

S'asseyant sur son fauteuil en se frottant les mains comme si elle avait froid, Solène amorce l'entrevue.

— Christophe Marronnier et sa femme sont domiciliés rue de Lyon, ici, à Brest.

— C'est dans quel coin de la ville ?

— À deux pas d'ici, c'est la rue parallèle à la rue Colbert.

Justin et Simon tournent le visage vers moi. Il ne nous a pas échappé que les deux portables que nous pistons depuis plusieurs jours étaient géolocalisés au centre de la ville. Ceci pourrait être prometteur. Voyons la suite…

— Il a dit ne pas travailler, de même que son épouse, car ils sont propriétaires de plusieurs appartements qui leur rapportent suffisamment d'argent pour vivre décemment sans s'épuiser. Il faut reconnaître que pour les proprios, les milliers de jeunes adultes qui font leurs études à Brest constituent un immense vivier qui se renouvelle d'une année scolaire sur l'autre.

Nouveau regard de Justin et Simon dans ma direction, que Solène surprend.

— Vous n'avez pas l'air surpris. Vous imaginiez cela ?

— Oui et non. La location des meublés à un coût, alors qu'ils aient franchi le pas en achetant un appartement, et même plusieurs, pour recevoir des filles, n'est pas pour nous méduser. Il se peut aussi qu'ils ne soient pas tous dévolus à la prostitution et qu'ils en louent à des étudiants. Vas-y, Solène, continue.

— Je n'ai pas eu le temps de consulter les fichiers avant que vous arriviez. Je sais seulement que sur le plan judiciaire on n'a rien sur ce couple. Ils sont totalement inconnus de nos services, et à ce jour, on n'a rien eu à leur reprocher.

— Ça va peut-être venir. Et bien plus vite qu'ils ne le croient.

— C'est aussi ce que je pense, et c'est pour cela que je vous ai informés du dépôt de plainte. Le fait que la femme Marronnier soit russe suffit à mon sens pour qu'on s'y attache.

— Au mien aussi, et c'est pour cela que nous sommes là. Tu sais s'ils sont dans leurs murs ?

— On n'en est pas certains. J'ai une équipe en planque. La consigne est de les interpeller s'ils s'aventurent dehors.

— C'est trop précoce. Autant constituer un dossier solide avant d'aller au feu. Plus nous en saurons sur eux, plus il leur sera difficile de nier leur implication. Et puis… rien ne garantit qu'ils soient réellement du réseau qui monopolise notre attention depuis plusieurs jours.

À en déduire par son visage fermé, ma réplique ne plaît que modérément à Solène. Il s'illumine soudain, inexplicablement, et c'est en irradiant de plaisir qu'elle s'écrie :

— Si, Maxime, leur implication est garantie ! Tu sais quel est le nom de jeune fille de madame Marronnier ? Je te le donne en mille !

— Je donne ma langue au chat. Balance.

— Nemdori ! Elle s'appelle Oustina Nemdori. Mon petit doigt me dit qu'elle est la sœur de

Martina, celle qui était à Lyon et après qui tu cours pour les serrer, elle et son mari.

Ce deuxième scoop génère lui aussi un silence, rompu en quelques mots bien choisis par Simon, et qui ne peuvent mieux résumer ce que nous ressentons !

— Nom de Dieu ! C'est pas vrai !

Je réfléchis quelques secondes sur la meilleure conduite à tenir. Ayant pesé le pour et le contre de quelques hypothèses qui me viennent d'emblée, j'émets d'un ton qui ne supporte pas la contradiction.

— On va remplacer ton équipe, Solène. Tout en planquant, on va essayer d'en apprendre plus sur ces zigotos. On va aussi se pencher sur leur patrimoine. Là, nous aurons sûrement besoin de ton assistance pour perquisitionner les apparts, et relever les identités des locataires. Ça te va ?

— Ça me va très bien. J'ai besoin de mon équipe pour d'autres affaires que nous avons en cours. En temps voulu, tu n'hésites pas, on arrivera toujours à libérer deux ou trois personnels pour vous refiler un coup de main.

— Si le deal te convient, on gère les actions sur le terrain, et toi tu utilises l'outil informatique pour apporter un complément à nos recherches.

— Bonne stratégie, à mon avis.

— Je te laisse la CR pour voir avec le service des impôts l'étendue de leur patrimoine, dis-je en extrayant la commission rogatoire pliée en quatre dans une poche de mon blouson. Note les adresses, ça nous servira par la suite pour les perquises que nous ne manquerons pas d'effectuer. Vois aussi sur le Ficoba ce qu'ils possèdent. On saura à qui on a affaire.

Nous étant fait expliquer le chemin, nous quittons le commissariat et descendons la rue Jean-Baptiste Boussingault pour parvenir rue de Lyon. Se déplaçant comme un couple de badauds, le major Alexandre Prat et la brigadier-chef Maëla Gourriou viennent à notre rencontre, et jouent la surprise en nous découvrant, un peu comme s'ils découvraient des amis eux aussi en balade au centre-ville. Bise ou poignée de main pour se saluer, mais également pour délivrer des informations.

— On est là depuis plus d'une heure, rien n'a bougé.

— Ils sont chez eux ?

— Aucune idée. La seule consigne était de planquer, et de rendre compte s'ils bougeaient.

— OK, on prend la relève. Solène a du boulot pour vous. À plus !

Dès qu'ils se sont éloignés, je répartis les rôles :

— Simon, va chercher la bagnole et gare-la de façon à ce qu'on les ait dans notre champ de vision, s'ils sortent ou s'ils entrent. Tu restes au volant, prêt à embrayer s'ils se carapatent en voiture. Suzy et Justin, faites une enquête de voisinage auprès des commerçants de la rue pour la description physique de nos clients, et toutes les infos que vous jugerez intéressantes. Prenez les talkies, qu'on ne perde pas le contact.

Ces appareils, hyper discrets, ont une portée de plusieurs kilomètres, et nous autorisent une discussion sans que quiconque ne s'en aperçoive. Feignant de me passionner pour les modèles de chaussures d'un magasin, j'observe l'autre côté de la rue dans le reflet de la vitrine, et en particulier l'immeuble de standing de quatre étages dans lequel les époux Marronnier – ils ne sont pas encore divorcés – résident. Impossible de deviner à quel étage ils sont installés, mais ce secret ne durera pas.

Il me vient l'envie de mettre Hugo Desmant au courant des avancées de l'enquête, mais je me retiens. Après une période de disette, je rêve de lui apporter du concret, et pas seulement d'hypothétiques probabilités, même si celles-ci paraissent solides. Averti du rebondissement qui devrait marquer un point primordial de l'enquête, je suis certain que le juge d'instruction verrait d'un bon œil que nous ne frappions pas tout de suite, pour que nous établissions un état précis du fonctionnement du couple Marronnier, mais il voudrait définir de concert la suite des investigations. Or, je veux qu'elles se déroulent comme je l'entends.

La météo est clémente, le soleil jusqu'ici discret inonde Brest de ses rayons, ce qui est plutôt agréable.

Un sac de courses à la main, un homme est entré dans l'immeuble. Simon n'a pas manqué de le photographier à plusieurs reprises. La soixantaine alerte, il a refermé la porte de l'immeuble avant que je ne puisse le suivre alors que j'aurais souhaité accéder aux boîtes aux lettres.

Whole lotta love retentit.

— Maxime, c'est Solène. Le Ficoba mentionne des comptes dans trois banques. Il y a comme il se doit à chaque fois un compte courant, et une multitude de comptes épargne.

— Ils doivent être blindés, je suppose. Intervient auprès des banques en question, et réclame un récapitulatif des sommes engrangées. Tu me rappelles quand tu auras calculé le total.

— D'accord. À tout à l'heure.

Parce que je ne peux rester dans la rue sans que mon attitude semble tôt ou tard louche, je me suis rapproché de la voiture, et ai fini par m'asseoir sur le siège passager. Suzy nous rejoint Simon et moi, un peu plus tard.

— À la boulangerie, ils m'ont dit que le monsieur venait tous les jours, vers midi. Un mètre soixante-quinze, cinquante ans, plus beaucoup de cheveux.

— Et elle ?

— Brune, un peu plus jeune, même taille, toujours sapée assez classe. Ils se déplacent principalement dans un Crossover Audi blanc, et ils utilisent plus rarement un Coupé Audi de la même couleur.

— Tu as fait bonne pêche. Félicitations !

— Merci pour le compliment. J'ai arpenté la rue et les rues adjacentes, pas de Crossover ni de Coupé Audi.

— Ils doivent les garer au sous-sol de la résidence. Pour l'instant, la porte du garage ne s'est pas ouverte une seule fois. Il est 11 heures et demie, s'ils sont présents, le bonhomme ne devrait pas tarder à aller chercher son pain. Tu sais où est Justin ?

— Non. Il continue l'enquête de voisinage. D'ailleurs, j'y retourne, moi aussi. À plus.

Mon téléphone sonne juste quand la portière se referme.

— Maxime, c'est encore Solène. Pas de news du côté des impôts. Il doit leur falloir un bon moment pour centraliser les renseignements. En revanche, pour plus d'efficacité, j'ai contacté directement les directeurs des agences bancaires. Le résultat ne s'est pas fait attendre : toutes banques et tous comptes confondus, leurs avoirs s'élèvent à près d'un demi-million d'euros.

— Mazette ! Il y a de quoi s'offrir de belles vacances. J'imagine qu'ils ont aussi de l'argent qui les attend en Russie. Il est venu déposer plainte contre sa femme, mais peut-être qu'auparavant ils avaient décidé d'y finir leurs vieux jours.

— Ou par précaution, s'ils avaient dû filer fissa. Vous avez prévu quelque chose pour midi ? On mange ensemble ?

— C'est cuit pour aujourd'hui, Solène. On reste en planque.

— Ce sera pour un autre jour. Je t'appelle dès que j'ai une réponse des impôts.

— D'accord, merci.

Peu après l'interruption de la communication, Simon me pousse du coude.

— Regarde, le facteur. Si tu veux aller mater les boîtes aux lettres, c'est peut-être le moment.

— Ce n'est pas le bon plan. Marronnier ne devrait pas tarder à sortir, s'il est à son domicile et s'il est fidèle à ses habitudes. Par contre, je vais choper le facteur un peu plus loin.

Je marche vers le bout de la rue pour aller l'attendre à une distance suffisante sans risquer d'être vu. Jetant un œil par-dessus mon épaule, je vois un homme sortir de l'immeuble. Court échange de paroles, puis le postier remet une enveloppe à celui-ci, avant d'entrer dans le hall pour accéder aux boîtes aux lettres des autres résidents. Celui qui vient de sortir correspond à la description faite à Suzy par la boulangère. Dans mon micro, je crachote :

— Suzy, Justin, le gazier sort. Ne vous faites pas repérer. S'il ne va pas à la boulangerie, filez-le.

— Je l'ai en visuel, commente Suzy.

— Moi aussi, renchérit Justin.

Je suis du regard l'homme qui, épaules droites et marchant gaillardement, s'éloigne dans la direction opposée à la mienne, tentant par la même occasion de repérer mes collègues, mais ils ont l'art de se cacher ou de passer inaperçus. J'irais bien à la rencontre du facteur, mais la prudence me susurre de ne pas le faire. Nous avons tout notre temps, autant ne pas se faire griller en commettant une erreur d'amateur.

Un peu plus tard, alors que Christophe Marronnier revient paisiblement vers son immeuble, je montre discrètement ma carte professionnelle au postier en lui enjoignant de me suivre à l'angle de la rue Boussingault.

Quand nous sommes hors de vue, je le somme de me dire ce qu'il sait du couple.

— Je ne les connais pas beaucoup. Juste un bonjour de temps en temps.

— Ils reçoivent beaucoup de courrier ?

— Non, pas énormément. Comme tout le monde.

— Savez-vous à quel étage ils habitent ?

— Au deuxième. Je suis monté la semaine dernière, parce que je devais leur remettre un courrier en recommandé contre signature.

— Il émanait d'où, ce courrier, de Russie ?

— Je ne m'en souviens pas… pas de Russie, ce devait être de France, mais je suis incapable de vous dire sa provenance. Peut-être une administration, ou…

— Ce n'est pas grave. Voyez-vous quelque chose de particulier à dire ?

— Non, fait-il après un instant. Rien du tout.

— Merci pour votre participation. Pas un mot sur cette conversation. Ça reste entre vous et moi.

— Je serai muet comme une carpe. Bonne journée.

Dans l'intervalle, Suzy et Justin se sont installés à l'arrière de la voiture.

— Comme vous êtes là, j'en déduis qu'il s'est contenté d'un saut à la boulangerie.

— Oui, acquiesce Suzy avant de compléter, mais il a dérogé à sa commande habituelle. La boulangère m'a dit qu'il prenait tous les jours une baguette, aujourd'hui il en a acheté deux.

— Ils auraient des invités ?

— Peut-être. On verra si quelqu'un leur rend visite.

— À son insu, je l'ai pris en photo à l'aide de mon portable, ajoute l'Eurasienne. Maintenant on le connaît physiquement, mais ça pourrait peut-être nous être utile.

— Tu as bien fait. Comme visiblement ils vont déjeuner sur place, nous aussi on va prendre des forces. Ils font des sandwichs, à la boulangerie ?

— Ils ont plusieurs formules. Passez votre commande, j'y vais.

*

Ce n'est pas un repas pantagruélique, mais il a pour avantage de caler l'estomac. Je mâche la dernière bouchée, quand la porte du garage de l'immeuble se lève sur la calandre d'une berline Renault. Aussitôt me vient une idée :

— Qui vient avec moi ? On va placer une balise.

À ma suite, Justin est le premier à gicler de la voiture.

Tandis que j'ouvre le coffre de la voiture, il marche de façon désinvolte sur le trottoir. Il attend que la Renault démarre rue de Lyon et quand il l'estime à bonne distance, il coupe de sa silhouette le faisceau de la cellule qui commande la fermeture de la porte, qui pour le coup remonte alors qu'elle commençait à descendre pour se refermer.

— Bien vu, Juju. J'ai pris deux balises, une pour chaque voiture.

Le garage est plongé dans une quasi-pénombre, seul l'éclairage de sécurité qui indique la sortie ou la porte qui mène à un escalier, permet de se repérer. Encastré dans un mur de parpaings, un carré vert fluo sert de touche d'appel pour l'ascenseur. Optant pour la fonction lampe de nos mobiles, nous approchons du Crossover Audi garé juste à côté du Coupé Audi, les deux carrosseries blanches étant aisément repérables lorsque nos yeux se sont habitués à l'obscurité.

— Éclaire-moi, s'il te plaît.

À genoux, je positionne une balise derrière le

pneumatique, de sorte qu'elle soit quasiment invisible. Il faudrait se baisser au ras du sol pour la voir. Tant qu'à être à terre, je pratique de même sur le second véhicule. Je vais pour me relever quand une voix se fait entendre, en même temps que la lueur issue de la porte d'ascenseur augmente crescendo. S'agenouillant près de moi, Justin éteint promptement les deux portables qui dévoileraient notre présence. À défaut de comprendre les paroles, nous ne captons qu'un organe masculin. À moins que l'individu ne se parle à lui-même, comme le font certaines personnes mais il est plus probable qu'il est accompagné. En effet, une voix, masculine celle-là aussi, lui répond. Les deux hommes s'expriment en français, l'un avec un accent typiquement local, l'autre des accentuations gutturales, difficilement identifiables a priori, mais que mes récentes rencontres avec les femmes russes m'autorisent à penser qu'il est de cette nationalité.

La terrible réalité nous apparaît : pris dans la souricière, nous sommes coincés. Lentement, sans bruit, nous nous déplaçons contre le mur, derrière la voiture la plus imposante, la plus susceptible de nous cacher, en l'occurrence le Crossover. Souhaitons qu'ils n'aient rien à mettre dans le coffre de l'une ou l'autre des voitures, sinon, nous sommes cuits. Aux feux de détresse qui clignotent quand est activée l'ouverture des portières par centralisation, je constate que les tempes de Justin se sont couvertes de gouttes de transpiration. Il doit en être de même des miennes. Il y avait une chance sur deux qu'ils prennent le Coupé... Une portière s'ouvre, la deuxième aussi, puis les deux se referment après quelques secondes. Le moteur répond à la première sollicitation, le pot d'échappement crachotant une discrète fumée. Encore heureux que ce ne soit pas un vieux diesel qui nous aurait ravagé les poumons et arraché une toux incontrôlable. Lorsque le Crossover s'ébranle à petite vitesse, nous le suivons sans nous relever. Quand le conducteur braque son volant pour embouquer la sortie dont il a commandé l'ouverture de la porte du garage, nous quittons notre refuge au dernier moment dans un saut tout en souplesse, pour nous dissimuler derrière l'aile du Coupé. Adossés à la carrosserie, Justin et moi nous tapons la main, conscient qu'il s'en est fallu d'un rien pour que nous soyons démasqués.

Rempochant nos portables, nous passons devant la cellule de la porte du garage, peu avant qu'elle ne soit revenue au niveau du sol, ce qui la stoppe dans son mouvement et la fait remonter. Un regard pour nous assurer que le Crossover a pris de la distance, et en petites foulées nous rejoignons notre voiture.

— Go, Simon ! Ne leur colle pas au train, ils ne peuvent pas nous échapper.

Je dispose sur mon téléphone portable d'une application qui permet de suivre les déplacements de la balise, et par conséquent du véhicule sous lequel elle est placée. Quelques secondes, puis je peux suivre sur l'écran l'évolution de la voiture.

— Ce sont deux hommes, dis-je pour meubler l'attente. Pas de trace de la femme.

— C'est logique, riposte Justin. Hier il est allé porter plainte contre sa femme, ce serait cocasse qu'ils continuent leur vie de couple comme si de rien n'était.

— C'est aussi mon constat. En tenant compte de cela, je crois que nous allons devoir le serrer assez vite pour savoir où elle est. Il ne faudrait pas qu'elle reparte pour la Russie. Si ce n'est pas déjà trop tard.

Roulant plusieurs centaines de mètres derrière l'Audi, nous sommes rapidement avenue du Maréchal Foch, longeant l'hôpital Morvan, avant de poursuivre à droite boulevard Montaigne.

— Où vont-ils, à votre avis ? interroge Justin.

— Aucune idée, rétorque Suzy. Je ne connais pas assez Brest.

Un peu plus tard, au rond-point du boulevard de l'Europe, la balise indique qu'ils continuent tout droit. Nous roulons encore un peu, avant d'emprunter une voie express.

— Arrête-toi, supplie mollement Suzy. J'ai envie de vomir.

— Oh non, s'emporte Simon, tu ne vas pas nous faire ça maintenant !

Une main devant la bouche, les yeux larmoyants, je saisis que l'Eurasienne ne pourra se contenir longtemps.

— Stoppe vite, Simon ! Là, sur la bande d'arrêt d'urgence.

La voiture à peine immobilisée, Suzy gicle de la banquette arrière aussi vite qu'elle le peut, et dans la seconde, pliée en deux, elle expulse ce qui lui pesait sur l'estomac.

— On est sur la D112, commente Simon après une œillade vers l'écran de mon portable. Un peu plus loin, il y a la N12. Autant dire qu'ils peuvent aller n'importe où : Morlaix, Rennes, Paris…

— Tu as assez de carburant pour un long trajet ?

— Oui, on peut faire environ cinq cents bornes.

Le Crossover semble effectivement prêt à s'engager sur la N12, pour Dieu sait quelle destination finale. Il parcourt deux kilomètres, quand soudain le conducteur délaisse la voie express.

— C'est la sortie de Guipavas, rugit Simon. À tous les coups, c'est la route de l'aéroport.

— Ils vont se tirer, soupire Suzy en s'asseyant à nouveau. Mets les gaz.

— Pas la peine d'y aller à fond la caisse, dis-je pour rassurer mes collègues. S'ils vont à l'aéroport, ce n'est pas pour prendre un avion. Ils n'ont pas de valise, sinon ils nous auraient découverts, tout à l'heure, dans le garage, en la mettant dans le coffre. Accélère quand même un peu, Simon. Si l'aéroport est bien leur destination, je veux savoir qui ils vont chercher.

Après un répit, le temps que sa voisine de banquette retrouve un peu de couleurs, Justin ne peut s'empêcher de la taquiner :

— Ton bébé, ce sera un gars. Quand Nathalie était enceinte, c'est tous les jours qu'elle vomissait. Tu verras, je ne me trompe jamais.

Ne se sentant pas la force d'objecter, Suzy lui met un vent en tournant la tête vers la vitre, qu'elle baisse pour faire entrer de l'air frais. Ceci ne déstabilise pas Justin.

— D'accord, on a eu des garçons, mais je suis sûr que si elle avait été enceinte d'une fille, ça se serait mieux passé. C'est ma maman qui m'a appris les signes qui ne trompent pas.

Passant la tête par-dessus mon épaule, je lui fais signe de ficher la paix à Suzy.

L'aéroport est effectivement la destination des deux hommes. Nous fiant à la balise qui s'est stabilisée, nous pénétrons sur un parking, et repérons rapidement le Crossover, duquel nous nous garons à distance respectable.

— On y va tous les deux, Simon. Marronnier a peut-être retapissé Justin et Suzy, mais nous, il ne nous a jamais vus. Donc, on ne court pas le risque.

À peine sortis de la voiture, avant que nous nous séparions pour que rien n'indique que nous sommes ensemble, je donne mes consignes à Simon.

— Le premier qui les voit prévient l'autre. S'ils réservent ou achètent des billets, ou s'ils rencontrent quelqu'un, on se renseigne ensuite sur leur destination future ou sur le but de leur visite, et on les reprend en filoche. Sinon, on avise Juju et Suzy, et on les rejoindra en taxi. Si tu en as l'occase, prends-les en photos avec ton portable.

À l'instar d'un individu lambda qui viendrait à l'aéroport chercher des amis ou des membres de sa famille de retour de voyage, il lève l'avant-bras à la hauteur de ses yeux pour consulter sa montre, puis marche vers le sas d'entrée sans trop se presser. Quant à moi, j'allonge le pas pour le devancer.

Dès l'entrée, je me compose le masque du type qui recherche le visage d'un proche qu'il est ravi de revoir après une absence plus ou moins longue, et à qui il a hâte de démontrer toute son affection en l'embrassant et en le serrant contre lui. Cet artifice a pour avantage d'inspecter sans en avoir l'air toute la surface qui se présente à moi. Christophe Marronnier et un autre homme sont à un guichet d'une compagnie d'aviation. Discrètement, j'en fais part à mes équipiers via le talkie :

— C'est bon, je les ai en visuel. Reste dehors, Simon.

— OK !

De dos, l'homme qui accompagne Marronnier paraît de solide constitution. Il a les cheveux retenus par une pince ou un élastique et maintenus sur la nuque. Ma curiosité l'emportant pour connaître les traits de son visage, je me déplace sur leur gauche. L'inconnu porte barbe et moustache. Aussitôt, j'établis un parallèle avec la description du gros nounours, faite par les jeunes femmes russes à Suzy, après la traduction de Barbara Grosko. Se pourrait-il que Martina Nemdori et Anatoli Bouljikov aient quitté Lyon pour venir se terrer en Bretagne ? La nationalité mise à part, rien ne définit que cet homme chevelu, barbu, et moustachu, soit Bouljikov, mais c'est tout à fait envisageable. Il est probable qu'ils aient senti la menace d'une interpellation, au cas où l'une des filles parlerait et donnerait un indice susceptible de les identifier, et auraient quitté Lyon pour se faire oublier quasiment à l'extrémité de la Bretagne, chez la sœur de Nemdori. Ce n'est qu'une hypothèse, mais je verrais bien les choses sous cet angle.

C'est Marronnier qui discute avec l'hôtesse d'accueil. Celle-ci, en fonction de ce qu'il lui dit, tapote sur un clavier, les yeux posés sur l'écran d'un ordinateur. Réagissant à une courte sonnerie, Marronnier sort de la poche arrière de son pantalon un téléphone portable. Tout en répondant à une interrogation de l'hôtesse, il entame un échange téléphonique dont je ne capte pas un mot. La main proche de l'oreille, il fait soudain volte-face et regarde intensément autour de lui, comme s'il voulait identifier une tête connue. Le visage empreint de gravité et d'inquiétude, il coupe la communication, et, tout en remettant son mobile dans sa poche arrière, il glisse à son compère quelques mots qui me sont inaudibles. Laissant en plan l'hôtesse, tous les deux font alors demi-tour, et à grandes enjambées se dirigent vers la sortie en dévisageant celles et ceux qu'ils croisent ou qui attendent dans le vaste hall.

— Ça bouge. Ils viennent vers toi, Simon. Il y a comme un coup de panique, suite à un coup de fil.

Montrant ma carte professionnelle, je passe devant le couple qui faisait la queue derrière les deux hommes, et apostrophe l'hôtesse :

— Police, Madame. Que voulaient les deux hommes qui viennent de partir précipitamment ?

— Ils désiraient des billets pour quatre personnes et un enfant, à destination de Novossibirsk, après un vol Brest-Paris.

— À quelle date, le départ ?

— Demain.

— Et le retour ?

— Deux semaines plus tard. Ils n'ont pas pris leurs billets. Ils sont partis alors que je finalisais la transaction.

— Merci pour les renseignements. Au revoir.

Ainsi, les têtes du réseau finistérien s'apprêtaient à quitter le pays. Certes, leur retour était prévu, mais mon petit doigt me murmure que ce brusque départ est en prise directe avec nos investigations, et la libération des filles. Toujours par talkie, je communique avec mes collègues :

— Ils sont sur la défensive. Attention à ne pas se faire griller ! On les laisse prendre de l'avance pour ne pas donner l'éveil.

Simon me rejoint, mais nous attendons avant de rejoindre la voiture.

— J'appelle Solène. Je veux savoir qui leur a téléphoné… Allô, Solène ! C'est Max. Ça s'agite ici. On a placé une balise sur la bagnole de Marronnier, et on l'a filé jusqu'à l'aéroport de Guipavas. Il est avec un autre gars qui pourrait être le concubin de Martina Nemdori. En faisant mention de la CR, merci de te mettre en liaison avec les opérateurs téléphoniques. Il faut identifier l'appelant d'un coup de fil transmis il y a deux ou trois minutes à un portable localisé à l'aéroport. Seul indice, l'appel a duré moins d'une dizaine de secondes et était destiné à Marronnier.

— Ça ne devrait pas poser de problème. Je pensais justement à toi. J'ai reçu à l'instant des infos des impôts. Monsieur et madame Marronnier sont propriétaires de onze appartements, tous sur Brest.

— Tu as du monde de disponible pour les perquisitionner ?

— Je peux monopoliser deux agents, guère plus. Mais onze apparts, ça va prendre du temps.

— C'est déjà ça. Il faut agir vite, avant que l'ordre soit donné de disparaître, si ce sont des femmes russes qui les occupent. Plus l'un d'entre nous, ça devrait aller.

Deux trois minutes plus tard, pour laisser les deux hommes partir en s'assurant qu'ils ne sont pas suivis, nous sommes à nouveau tous les quatre dans notre voiture banalisée. Sur mon portable, j'observe leur déplacement.

— On dirait qu'ils repartent vers le centre-ville. On y va.

XII

Christophe Marronnier et son passager sont effectivement retournés rue de Lyon, à une vitesse toutefois plus soutenue que lors du trajet aller. Comme d'habitude, il a fallu que Justin sorte un dé pour que le hasard définisse celui ou celle qui irait renforcer le duo de la PJ mis à notre disposition par la capitaine Solène Bourbigot. Le sort a désigné le Martiniquais pour aller perquisitionner les logements appartenant au couple Marronnier. En planque à distance respectable de leur résidence, Suzy, Simon, et moi, hésitons sur la conduite à tenir. Devons-nous attendre de connaître le résultat des perquises avant d'intervenir, ou y a-t-il urgence à le faire ?

L'air de *Whole lotta love* trouble le silence qui règne dans la voiture.

— Max, c'est Solène. L'opérateur téléphonique a réagi *pronto* : le numéro qui a appelé Marronnier émanait du centre-ville. L'appareil est au nom d'un certain Georges Silva, domicilié rue Jean Jaurès à Brest. Mais problème, il n'y a personne, et il n'y a jamais eu personne, de ce nom à cette adresse.

— Comment tu le sais ? Il a peut-être emménagé récemment.

— Il y avait un équipage qui patrouillait dans le secteur, je leur ai demandé de vérifier.

— Pour passer à travers les mailles du filet, ce réseau a le chic d'utiliser des appareils inconnus. Je brûle de savoir ce qui a motivé le départ des deux hommes de l'aéroport. Il fallait que ce soit important pour qu'ils s'arrachent avant de valider l'achat des billets d'avion.

— C'est peut-être sa femme qui l'a appelé…

— Possible. Probable, même, mais pourquoi annuler l'achat des billets alors que la validation n'était qu'une question de minutes, voire de secondes ? Il y a quelque chose qui cloche. D'ailleurs, il n'y a pas que cela qui cloche : Marronnier va au commissariat porter plainte contre sa propre femme, et il est toujours au domicile conjugal.

— C'est peut-être elle qui a déserté !

— Ou alors il l'a mise à la porte. Mais dans ce cas pourquoi se promène-t-il avec son beau-frère ?

— Tu te poses trop de questions, Max. Ce n'est pas parce qu'il entame une procédure de divorce qu'il doit tirer un trait sur la famille de sa femme. Et puis tu sais, il y a parfois des divorces qui se passent bien. Le couple cohabite plusieurs jours ou semaines, en attendant que l'un trouve un logement. Pendant cette période, s'ils sont intelligents, ils composent et évitent tout conflit.

— Dans un monde de Bisounours, peut-être… Je suis circonspect. C'est quoi, le numéro de Marronnier ?

Je note les chiffres qu'elle énumère sur le petit carnet noir que j'ai toujours dans une poche. Ils correspondent à l'un des deux numéros repérés sur le relevé téléphonique transmis par l'opérateur de Vladimir Korovak. Il n'en reste plus qu'un à identifier.

— Ce sont Wilfrid Dauchez et Enzo Arslan qui sont partis avec Justin. Wilfrid vient de m'avertir que la première perquise est infructueuse. Il n'y avait personne dans le meublé. Ils ont interrogé une voisine, qui a affirmé ne pas savoir qui y vit, car ça change régulièrement. En affinant les questions, il a établi que les locataires se suivent au rythme de toutes les deux semaines. Ce sont invariablement de belles et jeunes femmes d'origine étrangère.

— Comme ce que nous avons pu constater jusqu'ici. Qu'est-ce qu'ils font, ils planquent ou ils vont visiter un second meublé ?

— Il y a un autre appartement dans la rue voisine, ils y vont. Je te préviens dès que j'en sais plus.

— D'accord, Solène. À plus tard.

Je rempoche mon portable quand Suzy, bien remise de son épisode vomissement, annonce en désignant de la pointe du menton une fenêtre du deuxième étage de la résidence.

— Un rideau vient de s'écarter. Une femme a jeté un œil sur la rue. Je suis certaine qu'elle cherchait à nous repérer. Elle a regardé les passants, et elle a sondé les voitures pour voir si elles étaient occupées ou vides.

— Tu crois qu'elle nous a retapissés ?

— Non, je ne pense pas.

— Elle est comment physiquement ?

— Je n'ai vu que son visage. Cheveux châtains, la quarantaine…

Un temps mort, puis j'émets ce qui me tarabuste depuis l'aéroport.

— J'ai un étrange pressentiment. Si on remet tout en place, les deux hommes voulaient prendre des billets pour la Russie. Envie de vacances ou de se faire oublier, on n'en sait rien. Ils sont sur le point de le faire quand ils changent leur fusil d'épaule et, l'air apeuré ou inquiet, ils font demi-tour. Ces deux hommes sont, pour l'un, un Russe qui a quitté précipitamment Lyon, pour une raison que nous ignorons, alors que l'autre est un Français dont l'épouse possède un patrimoine de onze appartements acquis de manière inexpliquée. Nous soupçonnons qu'il s'agit de gains liés à la prostitution forcée de femmes russes. Le Français est marié à une Russe, sœur de la femme qui, à Lyon, réceptionnait les jeunes Russes à leur arrivée en France. Je suis clair ?

Simon opine, et dans le rétroviseur je vois que Suzy le fait également.

— Ce Français souhaite quitter son épouse. Pour avoir officialisé sa démarche en se rendant au commissariat en chargeant sa femme de tous les maux de la terre, il fallait que la situation soit devenue insupportable. Or, il est toujours au domicile conjugal. Nécessairement, il a fallu que survienne un événement d'une grande importance pour expliquer ce revirement.

— Genre ? s'enquiert Simon.

— Genre grain de sable qui contrarie les plans. Pas le petit grain de sable, finalement, qu'on balaie du revers de la main, mais un gros caillou qui a pénétré dans une chaussure et empêche de marcher correctement : nous, les flics ! Sur le coup, aux oubliettes le divorce. Pour eux, une seule chose compte en attendant de régler leurs affaires de couple, c'est de faire bloc pour nous échapper. Je suis toujours clair ?

— Parfaitement, admet Suzy. Ce que je ne pige pas, c'est comment ils ont pu être avertis. Depuis le début, nous avons opéré dans l'ombre, en toute discrétion.

— C'est justement là que le bât blesse, et fait vaciller mon hypothèse. En y cogitant, je ne vois qu'une seule explication : il y a une taupe parmi nous.

Mon annonce fait l'effet d'une bombe.

— Tu es fou, Max ! s'écrie Suzy en sursautant. Aucun de nous ne… Ce n'est pas possible !

— Si. Malheureusement. J'aimerais me tromper, mais il n'y a pas d'autre explication rationnelle.

— Qui aurait un intérêt à faire foirer nos investigations ? se soucie Simon. Et dans quel but ?

— Comme en mathématiques, il y a une inconnue que l'on va nommer X, ou mieux encore Georges Silva. L'intérêt de Silva serait d'en croquer, soit en touchant un pourcentage sur les passes, soit en profitant physiquement, sexuellement, de ces filles magnifiques.

— Ce serait donc un homme, hasarde Suzy.

— Ou une femme, si c'est pour l'argent.

Un silence suit ce constat, avant que Simon ne grommelle :

— Tu penses à qui, Max ?

— À personne en particulier. D'emblée, je nous exclus tous les quatre, nous trois et Justin. Cela ne veut pas dire qu'il s'agisse d'un flic de l'antenne de la PJ de Brest, mais nous n'étions pas nombreux à être dans le secret.

— Plus que tu ne le crois, contre-attaque Suzy. L'OPJ qui a enregistré la plainte de Marronnier en a sûrement parlé à sa hiérarchie, ainsi qu'à certains de ses collègues. Ça pourrait être n'importe qui, finalement.

— N'importe qui, oui, mais un ou une flic. Si la voiture de Marronnier a toujours la balise, on pourra retirer Solène de la liste des suspects. Attendons de le savoir avant de la prévenir.

*

L'attente dure un peu plus de dix minutes après nos échanges d'impressions, et le cruel constat qu'il faut en tirer. Quand la porte du garage de la résidence commence à se lever, nous nous regardons, et aussitôt je prends une décision :

— Préparons-nous. Si ce sont eux qui sortent, on les serre. On en sait assez pour les entendre. S'ils n'ont rien à voir dans notre affaire, on les relâchera en fin de journée.

Le brassard orange marqué du mot police enfilé sur une manche du blouson, nous giclons de la voiture et courons pour nous placer devant le garage, la main sur le Sig-Sauer, prêts à dégainer si le conducteur est celui qui nous intéresse et s'il renâcle à obéir à nos injonctions. C'est bel et bien la calandre du Crossover qui se présente. Mes partenaires chacun d'un côté du garage, prêts à effectuer un saut de côté pour ne pas se faire culbuter, je me plante au beau milieu de la chaussée, et hurle à m'en déchirer les poumons :

— Police ! Stoppez le moteur ! Mettez vos mains sur le volant.

Christophe Marronnier est à la place du conducteur. Il me fixe d'un regard dur, semblant osciller entre passer outre et obtempérer. Son indécision est tellement perceptible que mon bras se prolonge d'une arme.

— Mains sur le volant ou je tire !

Tout en hurlant mon ordre, je contourne la voiture pour me positionner à la hauteur de la vitre avant, tenant tour à tour en respect Marronnier et l'homme assis sur le siège passager. Simon et Suzy ont eux aussi dégainé. Deux secondes d'une tension extrême, puis Marronnier pose les mains sur son volant et son passager en fait de même sur le tableau de bord. Je déverrouille la portière, et les tenant toujours en joue, je coupe le contact et prélève la clé. Dans l'action, je n'y ai d'abord pas fait attention, mais une autre voiture suit le Crossover, en l'occurrence le Coupé Audi Blanc. Une femme est au volant, une autre sur le siège passager. La première est brune, la seconde blonde platine… Nous allons enfin faire connaissance avec Martina Nemdori !

— Faites marche arrière, Madame, et allez vous garer à votre place ! Ensuite, vous et votre passagère, vous sortirez de la voiture.

Nous ne disposons que de trois paires de menottes, ils sont quatre. Et si cela ne suffisait pas pour nous compliquer l'existence, une gosse de deux ans est assise à l'arrière, sur un siège pour enfant, une petite blondinette qui regarde autour d'elle sans rien comprendre à la situation. Mon brassard orange capte son attention. Je lui adresse un sourire rassurant, auquel elle répond par une risette avant de masquer ses prunelles rieuses derrière son doudou, un petit lapin qui fut blanc à une époque.

La garde à vue notifiée, les deux hommes et Martina Nemdori sont menottés, tandis qu'Oustina Marronnier est confiée à la garde de Simon qui lui a empoigné l'avant-bras. Tous sont fouillés, et défaits de leurs papiers d'identité, téléphones portables, et autres objets. Je recule le Crossover à une place vacante, puis je récupère les balises sous celui-ci et sous le Coupé.

— Allô, Solène. Tu peux nous rejoindre rue de Lyon ? Ce serait pour embarquer quatre suspects. N'en parle à personne, je t'expliquerai.

— Qu'est-ce que c'est que cette histoire, Max ?

— Fais-moi confiance. Viens tout de suite avec un véhicule. Un grand, de préférence ! Viens seule !

La communication interrompue, dans mon répertoire je sélectionne le numéro du parquet de Brest pour un avis de courtoisie. À la vice-procureur de permanence au tribunal de grande instance, j'évoque la commission rogatoire délivrée par le parquet de Quimper, et le placement en détention des intéressés. Cette formalité administrative évacuée, j'ouvre le coffre du Crossover. Il est rempli de valises et de sacs. Une fouille s'impose.

Une poignée de minutes et la capitaine Solène Bourbigot est là. Elle n'a pas lésiné pour ce qui est de la voiture, puisqu'il s'agit d'un Espace Renault.

— J'ai pris ma bagnole perso. Je n'ai rien dit à Claude pour m'éclipser du commissariat, mais maintenant j'aimerais des explications. Que se passe-t-il ?

À l'écart, je lui narre l'interpellation des deux hommes et des deux femmes. En constatant que Christophe Marronnier porte la petite fille dans ses bras, elle comprend une partie de notre souci. Je dois lui faire part d'une autre préoccupation, plus délicate celle-là.

— Solène, je suis persuadé qu'il y a une fuite dans nos services. Tout à l'heure, à l'aéroport de Guipavas, Marronnier a reçu un appel qui a complètement modifié son attitude et celle de Bouljikov. Nous avons ouvert le coffre des voitures, et au vu des valises il ne fait pas mystère que tout ce petit monde partait pour je ne sais quelle destination. En clair, quelqu'un les a prévenus qu'on était sur leurs talons.

— Tu penses à quelqu'un de chez nous ? fait-elle estomaquée, peinant à encaisser la nouvelle.

— Oui. Je ne sais pas qui, mais fatalement il y a une taupe.

— Bon… Comment tu vois la suite ?

— J'ai besoin de ton avis. Nous avons notifié la garde à vue aux quatre adultes, mais je me demande s'il est plus judicieux de les amener à Quimper ou si on reste ici à Brest pour les interroger. À Quimper, nous serions plus tranquilles. Ici, ils peuvent espérer l'aide et les conseils de leur contact.

— Attends, Max, il faut que je mette de l'ordre dans ma tête… Je n'en reviens pas. Un ripou dans nos services. Tu as une idée pour le coincer ?

— Ou la coincer. C'est peut-être une femme. Depuis le début, on a pu constater que beaucoup d'argent gravite autour de ce réseau de prostitution. De l'argent, ça veut dire train de vie assez fastueux. Tu en vois un ou une dans ton équipe qui ne se refuse rien ?

— Difficile à dire. On se côtoie pour le boulot, mais en dehors on ne se fréquente pas vraiment. Je sais que Claude Tammet est allé en vacances à l'Île Maurice il y a deux mois.

— Son grade de commandant, et le salaire qui va avec, peuvent lui autoriser un voyage sous les tropiques. Tu sais s'il a fini de payer sa maison ?

— Aucune idée. Alain Le Quéau est parti en Inde il y a environ six mois.

— Durée du séjour ?

— Deux semaines. Je crois que c'est la première fois qu'il prenait l'avion. Alexandre Prat a changé de voiture il y a un mois, mais c'était nécessaire parce qu'auparavant il avait une vieille 206 toute cabossée. Nicolas Le Quéré s'est marié l'été dernier. Ça coûte cher, un mariage en grande pompe.

— C'était le cas ?

— Je n'en sais rien.

— Et les autres : Éric, Maëla, Enzo, Wilfrid…

— Je ne vois rien de notable. Mais je te le répète, je ne connais pas intimement leur vie privée, seulement dans les grandes lignes. Bref, qu'est-ce qu'on fait ?

Elle a raison. Nous n'allons pas rester tergiverser tout l'après-midi. Il importe de prendre une décision, et la bonne !

— On reste ici. Après la fouille des véhicules, tu nous feras entrer par la cour du commissariat, le plus discrètement possible. On va aussi faire parler les téléphones des suspects. Avec un peu de chance, ça nous guidera vers le ripou.

— Celui-là, lorsqu'il ou elle sera entre mes pattes, je lui promets de passer un mauvais quart d'heure. Attirer l'attention des bœufs* sur le service alors que nous nous efforçons d'être irréprochables, ça va se payer au prix fort.

Nous allons pour nous rapprocher des voitures quand elle me retient par le bras.

— Max, je peux savoir pourquoi tu m'accordes ta confiance ?

— Tu étais la seule à savoir que nous avions posé une balise sur leurs voitures, et ils ne s'en doutaient pas. Conclusion, tu n'as rien dit. La taupe leur aurait recommandé de ne plus utiliser leurs voitures, ou de balancer les balises.

*

La fouille du Coupé et du Crossover Audi terminée, nous avons embarqué les suspects dans la voiture de Solène et la nôtre. Nous étions un peu à l'étroit, mais le trajet serait court. L'homme et la

*Les bœuf-carottes, surnom des agents de l'IGS, Inspection Générale des Services.

femme Marronnier pleuraient, terrassés par l'émotion. Parce que la place d'un enfant n'est pas dans un commissariat, parce qu'il était manifeste que papa et maman dormiraient ce soir en prison, ou pour le moins y seraient logés même s'ils n'arrivaient pas à fermer les paupières, je me suis fendu d'une ordonnance de placement provisoire. Deux femmes du service enfance du conseil départemental sont venues chercher la petite fille. Elles ont pris ses vêtements, ses affaires de toilette, les quelques jouets dans le coffre du Crossover, le doudou, et l'ont emportée vers une famille d'accueil qui s'efforcera de la câliner pour apaiser ses larmes.

L'examen minutieux des bagages a permis de mettre la main sur plus de cent mille euros, et des bijoux, qui sont placés sous scellés en attendant d'aller un jour enrichir l'État. Deux ordinateurs portables connaissent le même sort, mais ceux-là, il conviendra de les faire parler.

Dans les locaux de l'antenne locale de la PJ, les bureaux sont vides, les troupes étant sur le terrain. Solène acceptant de nous aider, nous prenons chacun un suspect en charge et nous disposons chacun d'un bureau. C'est l'idéal. Je n'aurais pas voulu qu'un suspect soit isolé en cellule, dans l'attente de son audition. Le ripou, s'il l'avait su, aurait pu en profiter pour lui dicter la conduite à tenir. Aucun d'eux n'ayant d'avocat, pour mettre toutes les chances de notre côté, nous avons fait appel à des avocats commis d'office mais sans pour cela que leurs clients aient besoin de les attendre en cellule. Au fur et à mesure que les hommes de loi s'entretiennent un moment avec eux pour connaître le motif de leur interpellation, les interrogatoires débutent. Il m'échoit de recevoir Oustina Nemdori. Nous avons convenu de faire appel au traducteur si cela se révèle compliqué, mais dès les premiers mots il est évident qu'elle pratique le français depuis longtemps. Son état civil entré dans l'ordinateur, nous pouvons commencer.

— Madame Nemdori, comme je vous le disais lorsque je vous ai signifié votre garde à vue, nous vous reprochons d'être à la tête d'un réseau de prostitution. Vladimir Korovak, qui est actuellement emprisonné ici à Brest, à l'Hermitage, nous a raconté plus qu'il n'en fallait pour que nous ne doutions pas de votre implication. Avez-vous un commentaire ?

Elle me toise, tourne la tête vers son avocat, et sans réaction de celui-ci, murmure un non timide.

— Parmi les objets en votre possession, il y avait deux téléphones portables. L'un est effectivement à votre nom, l'autre à celui d'une personne qui l'a perdu il y a deux ans à Guipavas. Vous avez une objection ?

— Non.

— Répondre par la négative à mes questions ne vous aidera pas. Ce sera tout le contraire. En temps voulu, les juges tiendront compte de votre comportement. Plus vous vous entêtez à nier, moins le jugement vous sera favorable, et plus lourde sera la condamnation. Sachez qu'il n'est pas encore trop tard pour modifier votre comportement. Sachez aussi que si vous êtes là, ce n'est pas seulement pour obtenir des réponses à des questions que nous nous posons. Nous savons tout de votre commerce : le rôle de Boris Ouklov à Novossibirsk qui recrute des filles plutôt jolies en leur promettant un emploi en France, dans un bar ou un restaurant, celui de votre sœur à Lyon qui reçoit les filles à la descente de l'avion, et leur annonce soudain qu'elles doivent user de leurs charmes pour rembourser le voyage, celui de Korovak, qui pour le Finistère Sud récupérait les filles sur le quai de la gare SNCF pour les diriger vers un meublé, votre rôle ici dans le Finistère Nord… Tout, nous savons tout !

Au fur et à mesure de ma logorrhée, j'ai parlé de plus en plus fort, de plus en plus vite, pour tenter de l'intimider. Elle accuse le coup, baisse les yeux vers ses mains qui se tordent. D'entendre les prénoms et noms de ses comparses lui ont brusquement fait comprendre que tout est terminé. Tout s'effondre, comme un château de cartes à la première brise, et si elle ne veut pas être ensevelie, elle doit montrer sa bonne foi. Un peu de pression supplémentaire devrait achever de la décider. Quittant le domaine “professionnel”, j'aborde le plan familial :

— Vous aurez à justifier de tout cela devant la justice. Et ne comptez pas sur votre mari pour endosser une partie des fautes. Il est venu au commissariat il y a quelques jours, pour porter plainte contre vous pour mauvais traitement à enfant. Cette démarche était la première étape avant une demande de divorce. Devant l'officier de police qui a enregistré son témoignage, il a tout raconté de votre vie. Il a commencé par votre attitude vis-à-vis de votre enfant, de l'argent facile, de l'achat des appartements sans contracter de prêt bancaire… Quand je vous dis que nous savons tout, que tout est perdu pour vous ! Vous ne pouvez que me croire, maintenant, alors faites ce qui est encore possible pour vous attirer la clémence des juges.

Elle n'avait pas relevé la tête. Quand elle le fait, je pressens qu'elle ignorait la démarche entamée par son mari. Je ne sais pas ce qui la tourmente le plus, si c'est d'apprendre que son époux a pour projet de la quitter ou que nous sommes au courant de toutes ces informations, mais il est clair qu'elle ne digère pas le coup. Comme un boxeur qui titube, saoulé par les directs, les uppercuts et les crochets au foie, elle ouvre la bouche pour aspirer un maximum d'air et essayer de récupérer une partie de ses moyens. Allez, encore une mauvaise nouvelle… pour l'achever.

— Au fait, nous savons que vous avez un informateur, ici au commissariat, mais n'en espérez rien. N'escomptez aucun soutien, cette personne a avoué son implication.

Là encore le coup porte. Aux points, le combat est gagné. Ce que je veux, c'est le KO, le knock-out complet. Quand elle sera à terre, et aura signé ses aveux, le combat sera terminé. Pas avant.

L'avocate chargée de la défendre a compris que rien ne sauvera sa cliente. Il y a trop d'éléments dans le dossier. Espérer une infime chance de passer à travers les gouttes serait illusoire. Elle regarde Oustina Nemdori, et quand elle attrape le regard de celle-ci, d'une moue elle lui fait comprendre que le combat est perdu.

— Alors, madame Nemdori, que fait-on ? On développe tout point par point et vous avouez, ou vous persistez à nier ? N'oubliez pas que votre attitude orientera la sentence des juges.

XIII

Je suis le premier à conclure mon interrogatoire, et je ne suis pas peu fier de la manière dont il s'est passé. L'avocate est partie, Oustina Nemdori est en cellule. Je pourrais souffler un peu, mais avant cela je vais toquer aux portes des trois bureaux, et fais signe à mes collègues de me rejoindre dans le couloir pour un conciliabule. Leur exposant les circonstances qui ont déclenché les aveux de la mère maquerelle lyonnaise, ils disposent d'une base solide sur laquelle ils vont s'appuyer pour faire craquer leur suspect.

Seule ombre au tableau, Oustina Nemdori n'a pas donné le nom du flic ou de la flic qui a dit à sa sœur et Anatoli Bouljikov, de quitter Lyon au plus vite. Je croise les doigts pour qu'ils parviennent à obtenir cette information capitale, en particulier Justin qui se charge de Bouljikov.

Je me sers un café avant de revenir dans le bureau habituellement occupé par les brigadiers chefs Maëla Gouriou et Éric Jolivet. Près du procès-verbal d'audition dûment signé, sont posés les scellés des téléphones des quatre suspects. Sur chacun d'eux, il y a un document relatant les renseignements obligatoires, comme par exemple la date, le nom du propriétaire, le nom de l'OPJ qui est intervenu, les références du dossier… etc. Christophe Marronnier a deux appareils. Je prends le scellé qui contient un modèle récent, et parce qu'il m'arrive de faire des entorses au règlement, mais ceci dans l'unique but de faire triompher la vérité, je le brise. Le mobile est à la pointe du progrès, et c'est un vrai jeu d'enfant que de trouver la liste des appels reçus. Je note sur un petit papier le numéro correspondant à l'heure de l'appel à l'aéroport. J'enfonce le petit papier au fond d'une poche de mon jean, puis je refais le scellé à l'identique. Dans l'autre scellé au nom de Christophe Marronnier, il y a un vieux modèle, une antiquité. J'opère de même et lorsque j'ai l'appareil en main, je fais défiler le menu. Quand un peu plus tard je fais un scellé neuf en tous points semblable au premier, je sais que le numéro de ce vestige est l'un des deux sur lesquels nous séchions depuis que l'opérateur téléphonique de Vladimir Korovak nous avait transmis les relevés des derniers mois.

J'avale la dernière gorgée de ma tasse de café, quand Claude Tammet se présente dans le chambranle de la porte restée ouverte.

— Tu es là, Maxime ! J'ai vu que Solène était en audition. Tu sais pourquoi ?

— Oui. En milieu d'après-midi, on a tapé les responsables du réseau de prostitution sur lequel mon équipe et moi-même enquêtions depuis plus d'une semaine. Comme ils étaient quatre et nous seulement trois, elle a gentiment proposé de nous filer un coup de main.

— C'est donc cela. Je me demandais sur quoi elle travaillait, et pourquoi elle ne m'avait pas prévenu.

Cette initiative ne semble lui plaire que moyennement. À moins que ce ne soit d'apprendre que les leaders du réseau sont sous les verrous, ou vont l'être dans les minutes qui viennent… Nous vivons un moment aussi incroyable qu'inconcevable. La moindre impression, la plus infime sensation, m'amène à soupçonner un commandant de police judiciaire. Un soupir ou un regard ouvrent crédit à toute interprétation, alors que jusqu'ici jamais je n'aurais douté de son intégrité et de sa conscience professionnelle. Or, notre tâche ne se limite pas à suivre nos pressentiments ou à écouter notre intuition, mais à nous appuyer sur des faits avérés. Sinon, nous en arriverions à douter de tout, de tous, et cela deviendrait vite insupportable.

Claude étant reparti vers son bureau, je m'intéresse au portable d'Oustina Marronnier, que je retire lui aussi de son scellé. Je ne suis pas très doué pour ce qui est des nouvelles technologies, mais par je ne sais quel miracle je parviens au bout de cinq minutes à en connaître le numéro, qui n'est autre que l'un des deux qui apparaissaient régulièrement sur les relevés de Korovak. Voilà un double mystère éclairci.

Simon est le premier à sortir de son bureau, suivi de peu par l'avocat du gardé à vue, à qui il indique le chemin tout en m'adressant un clin d'œil apaisant. Tous les deux, nous descendons un Christophe Marronnier menotté en cellule. Voûté, des larmes aux yeux, ce n'est plus le gaillard qui à midi allait chercher son pain, mais un vieillard. Alors que nous remontons l'escalier, Simon résume la teneur de l'interrogatoire.

— Il était hargneux, au départ, mais quand j'ai déballé les faits et nos convictions quant à leurs magouilles, il en menait moins large. Il ne pouvait rien opposer. J'ai mené ma barque à ma guise, et petit à petit il a été obligé d'admettre son implication, et ses responsabilités. Sur la fin, j'ai joué sur la corde sensible, en évoquant sa fille, et les années de prison qui l'attendaient, et qui feraient qu'il ne verrait pas grandir la petite et raterait ses jeunes années. Là, il a craqué. Il a fallu sortir les mouchoirs. J'ai patienté, le temps qu'il se calme, et je lui ai parlé comme si j'étais son grand-frère. Il est déjà père de deux grandes filles, issues d'un premier mariage, mais celle-ci, c'est son bonheur. Il l'a eue sur le tard, et contrairement aux deux autres qu'il n'a pas vraiment vu grandir parce que dans sa première vie il était commercial, et partait toute la semaine, et surtout du fait qu'aujourd'hui il n'avait pas besoin de bosser, il passe toutes ses journées avec sa fillette.

— Elle va lui manquer, c'est certain. Tu lui as parlé du ripou ?

— Oui, mais pas moyen de lui arracher un nom. Il a cédé sur tout, sauf là-dessus.

Nous arrivons à l'étage de nos bureaux juste quand Suzy et Solène se préparent à ramener leurs suspects. Martina Nemdori et Anatoli ne sont sans doute pas des foudres de guerre, mais par précaution Simon et moi reprenons l'escalier en sens inverse pour escorter nos collègues féminines, ceci sans machisme. Le couple russe n'apprécie pas, mais alors pas du tout, d'être défait de ses lacets de chaussures pour l'une, et de leur ceinture pour les deux. Avant que nous ayons le temps de réciter le laïus habituel, à savoir que ces dispositions sont prises pour éviter qu'ils ne mettent fin à leurs jours, nous essuyons une volée d'insultes dans leur langue natale. Ce n'est pas ce qu'il fallait faire. Certes, nous ne faisons qu'obéir à la loi, et nous le faisons avec correction et en y mettant les formes, mais lorsqu'en retour les prévenus sont virulents, nous employons la manière forte pour parvenir à nos fins. En deux temps trois mouvements, les deux braillards sont dépossédés de ce qui pourrait se révéler dangereux pour eux-mêmes et repoussés chacun dans une cellule.

Un check pour nous féliciter mutuellement, et nous enquillons l'escalier dans un grand éclat de rire, ce qui ajoute à la colère des deux Russes qui nous abreuvent de jurons qui, s'ils étaient traduits dans la langue de Molière, en feraient rougir plus d'un.

Un débriefing suit les interrogatoires. Il s'avère que nous avons tous enregistré les aveux des suspects. Il y en a qui ont tenté de minimiser leur importance dans le réseau, mais face aux arguments ils n'ont pu que baisser pavillon. Sur ce plan, le succès est total. Il reste maintenant à identifier le fameux Georges Silva, ou plus exactement celui qui se cache derrière ce pseudonyme.

— Il doit se méfier de nous, imagine Solène. Il ne commettra pas la plus petite boulette.

— Il connaît le boulot, dit Suzy en croisant les bras au-dessus de son ventre rebondi. S'il n'est pas stupide, et je suis persuadée qu'il ne l'est pas, il a déjà cogité à l'éventualité qu'un jour on se penche sur le sujet, et il a pris ses précautions pour ne pas être impacté.

— Ça va être coton de le coincer, conclut Simon. Il est aux abois, mais il a sûrement réfléchi depuis longtemps à une façon de s'en sortir. Il connaît les ficelles du métier, et ça, ce n'est pas bon pour nous.

La conversation sur le sujet roule encore un peu, chacun y allant de sa petite phrase qui ne fait pas avancer le schmilblick. Au bout d'un moment, tous trois finissent par s'apercevoir que je suis le seul à ne pas moufter.

— Tu ne dis rien, Max ? Tu n'as pas une idée pour le débusquer ?

Inutile de les faire languir. Un sourire carnassier sur les lèvres, je me délecte en annonçant :

— Si, j'ai une idée. Solène, rameute tes troupes, et donne-leur rendez-vous au plus vite au tribunal de grande instance. Hormis s'ils sont sur une affaire qui ne peut attendre, qu'ils y soient à 18 heures tapantes.

Alors que trois paires de grands yeux ronds me détaillent, je me lève de ma chaise.

— Je vais prévenir Claude. Sa présence à lui aussi est indispensable.

*

À quelques centaines de mètres du commissariat, le TGI est installé rue de Denver, le long de la promenade du cours Dajot, d'où on dispose d'une vue imprenable sur la rade de Brest. Mais pas de tourisme aujourd'hui, même s'il doit être agréable de se balader au soleil. Un temps pour tout.

Assailli de questions, je n'ai pas craqué, ce qui a irrité Suzy. À son tour, elle ne parle pas, mais c'est seulement parce qu'elle boude.

Il est près de 17 heures 30, le palais de justice est toujours ouvert. Deux agents de sécurité accueillent le public, et, normes de sécurité obligent, contrôlent que les usagers qu'ils soient en simple visite comme le font très souvent de nombreux passionnés, ou encore convoqués devant une cour, empruntent un portique qui décèle les objets métalliques. Pour éviter la sonnerie stridente, chacun doit au préalable poser dans une bannette les objets métalliques que renferment ses poches. De même, les femmes équipées d'un sac à main doivent l'ouvrir pour un examen visuel. Bannettes et sacs à main passent sur le côté, tandis que la personne défile sous le portique. S'il n'y a pas de sonnerie, l'individu reprend son bien et peut ensuite vaquer à sa convenance. Sinon, le surveillant entoure d'une sorte de baguette la silhouette du fautif, à la recherche d'une pièce métallique. Il n'est pas rare que ce soit une montre, ou un bijou.

Flic ou pas, il n'y a pas de passe-droit. Nous sacrifions au rituel. Sauf que lorsque nous sortons nos calibres de leur holster, les deux vigiles ont un mouvement de recul et pâlissent, croyant à une attaque d'une bande qui voudrait délivrer un complice en cours de jugement. D'habitude, les flics n'utilisent pas cette entrée quand ils défèrent un prévenu devant le procureur, de sorte qu'ils ignorent qui nous sommes. Nos plaques de la Police nationale les rassurent, et nous ne résistons pas à nous moquer gentiment de leur mine apeurée en remplissant chacun une bannette. Quelques plaisanteries encore après le passage sous le portique lorsque nous reprenons notre attirail, et nous nous éloignons de plusieurs mètres.

— Vous avez compris ma tactique ?

Devant leur mine indécise, après une pause au cas où jaillirait la solution, je précise mon stratagème :

— Tout à l'heure, nos collègues vont arriver. Nous savons que parmi eux il y a une taupe. Comme nous, il ou elle, mais je tendrais à penser “il” car le pseudo a pour prénom Georges, va vider ses poches, ainsi que nos autres collègues. C'est le moment que je choisirai pour composer le numéro du téléphone qui cet après-midi a averti Christophe Marronnier que nous étions sur ses talons, et qui il y a quelques jours a prévenu Martina Nemdori et Anatoli Bouljikov qu'ils devaient mettre les voiles de Lyon. La sonnerie de son téléphone, ou même simplement une petite musique signalant la réception d'un appel, nous désignera le ripou.

— Ben dis donc, Max, tu n'as pas seulement un physique, tu as aussi une cervelle bien faite.

— Ne me chambre pas, Suzy. La semaine dernière, je suis allé apporter un dossier à la vice-procureur Troudat, à Quimper. Je suis entré par la porte principale, et en voyant le portique, je me suis dit que c'était une bonne astuce pour s'assurer qu'un individu n'est pas armé. De fil en aiguille, j'y ai repensé tout à l'heure, et j'y vois un bon moyen d'obliger Georges Silva à sortir son portable. Pour que le piège réussisse, il faut qu'ils entrent tous en même temps. Je propose que Solène et moi allions dehors les attendre, et quand ils seront tous là, nous les conduirons jusqu'ici. Nous donnerons l'exemple, ils ne pourront refuser de s'y soumettre. Suzy et Simon, vous serez de l'autre côté du portique, ce qui signifie que vous aurez vos armes sur vous. Ce sera un avantage non négligeable si l'ami Georges refuse d'abdiquer.

*

Un peu avant 18 heures, Solène et moi sortons. Claude Tammet est le premier à passer la grille et à escalader les marches. Ça ne lui plaît pas de ne pas être dans la confidence, en témoigne son air grincheux. Un instant je redoute une colère, mais il s'en abstient. Tout juste a-t-il un soupir en croisant le regard de Solène, sa première adjointe.

— Vous ne voulez toujours rien me dire ? Je n'ai pas que cela à faire.

— Non, Claude. Ce ne sera pas long.

Le capitaine Alain Le Quéau se présente peu après, en compagnie du major Alexandre Prat et de la brigadière-chef Maëla Gouriou. Eux non plus ne goûtent pas d'être là. Ils le font savoir en conservant des mines renfrognées.

Un nouveau trio arrive, composé de Wilfrid Dauchez, Enzo Arslan, et Justin.

— On a fait au plus vite, dit le Martiniquais. On s'est rendu à deux appartements. Ils sont loués à des étudiants. Rien à voir avec des prostituées, puisque ce sont des garçons, des jeunes de dix-neuf ans. On a contrôlé les identités, et les inscriptions à l'université ou à la fac de droit. Tout colle.

— Il reste donc huit appartements à visiter. On verra cela demain.

— Tu peux me dire ce que l'on fait ici ? J'ai hâte de rentrer à la maison.

— Justin a raison, agrée Alain. La journée a été longue. Et en plus je suis de permanence, alors les rendez-vous au but imprécis, très peu pour moi !

— Pareil pour moi, maugrée Enzo. Ma femme m'attend, on a un truc de prévu, ce soir.

— Il n'y en a pas pour longtemps, fais-je pour calmer les esprits. Nous sommes presque au complet. Ne vous inquiétez pas, vous en aurez pour votre argent.

Il s'en faut de cinq minutes pour que le capitaine Laurent Cribier et les brigadiers chefs Éric Jolivet et Nicolas Le Quéré nous rejoignent.

— On va pouvoir y aller, annonce Solène. Thierry Le Noc est en vacances à l'étranger depuis une semaine. Il n'est donc pas directement concerné.

— Nous le saurons bientôt. Si aujourd'hui mon piège ne fonctionne pas, nous nous intéresserons à lui. Mesdames et Messieurs, merci d'avoir tenu l'horaire. Nous allons entrer au TIG, où je vous expliquerai la raison de votre présence.

J'ouvre la marche, tous me suivent en se demandant

ce qu'il se prépare. Comme plus tôt, je suis invité par les agents de sécurité à déposer ce que mes poches renferment avant de passer le portique. Je m'y plie de bonne grâce, conservant volontairement ma montre au bracelet en métal. Lorsque je passe sous le portique, la sonnerie se déclenche. Un vigile passe sa baguette au plus près de mon corps, et détecte l'objet du délit.

— Vous voyez, les copains, il ne faut rien oublier. À vous, maintenant !

Comme convenu entre nous, Solène est la deuxième. Je récupère mes affaires, que je remets dans mes poches de pantalon ou de blouson. Me reculant pour ne pas montrer que le contenu des bannettes à une importance, je prends le petit papier sur lequel j'ai noté le numéro du téléphone qui, à l'aéroport, a averti Christophe Marronnier qu'il était surveillé. Je le mémorise, puis sur mon portable je compose les chiffres.

— Allez-y, chacun votre tour.

Claude Tammet a suivi Solène. Je m'approche de lui et le prends à part.

— Claude, ce n'est pas un jeu. Il y a un ripou parmi nous. Toute cette mise en scène a pour objectif de le démasquer. Laisse tes affaires dans la bannette. Je ne te soupçonne pas, bien sûr, c'est juste pour que les autres en fassent de même.

Je lis de la sidération dans ses yeux. Il voudrait répliquer les premiers mots qui lui viennent, mais je ne lui cède pas ce luxe, m'éloignant pour motiver les autres.

— Dépêchez-vous. Quand cette formalité sera achevée, vous saurez pourquoi vous êtes là.

Certains vont pour reprendre Sig-Sauer, menottes, montre, portable, porte-monnaie, briquet, ou autre, mais je les retiens en parlant à voix basse pour que les autres n'entendent pas.

— Laissez les bannettes. On verra cela plus tard.

— Mais…

— C'est comme ça, Laurent. Il faut attendre.

Le capitaine Cribier me foudroie du regard. D'une pression de la main sur l'épaule, je lui fais comprendre qu'il n'y a pas à déroger. Dans l'intervalle, Suzy et Simon se sont déplacés habilement, de façon à ce que tous les trois nous entourions les collègues après leur passage sous le portique.

Deux avocats, portant la robe car ils viennent de plaider, nous observent avec défiance avant de poursuivre leur chemin. Les flics de la PJ brestoise ne leur sont pas inconnus, aussi s'interrogent-ils sur le motif d'un tel déploiement de forces.

Lorsque tous ont souscrit à l'exercice, d'un hochement de tête j'indique à Suzy que c'est à son tour d'intervenir. Devant les bannettes parfaitement alignées, elle s'assure que les téléphones sont allumés avant de les reposer à leur place. Un murmure de réprobation souligne que cela n'est pas du tout apprécié. Avant que la révolte ne gronde, tout en composant le numéro sur mon portable, je prends la parole :

— Il n'y en a plus que pour quelques secondes. Écoutez !

Je lance l'appel du numéro anonyme, mais cela plus pour longtemps. Dans un étrange silence, le carillon de Big Ben résonne. À proximité des bannettes, je saisis celle de laquelle provient le son de cloches. Elle contient deux mobiles.

— À qui est cet appareil ?

Tous se toisent. Parmi eux tous, un seul, ou une seule, sait ce qui se trame. Les autres ne comprennent pas grand-chose, mais perçoivent que le moment est empreint d'une grande gravité.

— À qui est cet appareil ? Inutile de…

Je n'ai pas le temps de terminer ma mise en garde. Enzo Arslan se rue vers la sortie, comptant sur sa vitesse pour prendre le large et nous échapper. Mais, si j'ignorais qui était la taupe, j'avais prévu l'éventualité d'une fuite en requérant l'assistance des agents d'accueil qui, sitôt les deux avocats partis, ont actionné le mécanisme de fermeture automatique des portes. Emporté par son élan, Enzo Arslan se cogne contre la porte vitrée, la pousse ensuite des deux mains, mais rien n'y fait. De dos, il devine que tous ont désormais assimilé que des faits aussi importants qu'illégaux lui sont reprochés. Lentement, il se retourne. Simon et moi nous séparons du groupe, et marchons vers lui.

— Enzo, il est 18 heures 05, tu es placé en garde à vue au motif d'implication dans un réseau de prostitution. Si tu le souhaites, tu peux requérir la visite d'un médecin. Si tu as un avocat, nous allons le contacter, sinon il en sera commis un d'office.

ÉPILOGUE

L'interrogatoire d'Enzo Arslan nous a pris une bonne partie de la soirée. Il a avoué les faits, racontant les circonstances qui l'ont mis en présence de Christophe et Oustina Marronnier. Un jour qu'il était en planque rue de l'Harteloire, à Brest, il a remarqué le manège d'une femme qui accostait des hommes seuls. Ce n'était que quelques mots et il en a déduit qu'elle leur proposait un moment d'extase contre quelques billets. Il a vu un homme suivre la fille, une véritable beauté, et s'engouffrer dans le hall d'un immeuble. Juste à ce moment-là, Christophe Marronnier est arrivé. Il a viré manu militari le prétendant, et administré une claque monumentale à la femme. Comme sa planque ne bougeait pas, et que son binôme s'était absenté pour satisfaire un besoin naturel, Arslan s'est interposé. Il a interpellé et menotté Marronnier. Sommé de s'expliquer ou d'être embarqué au poste, il a raconté que la fille était locataire de l'appartement dont il était propriétaire, et comme il ne voulait pas avoir de problème avec la police, il était intervenu. Arslan était sur le point de gober son histoire, mais en discutant avec la fille pour obtenir sa version, elle avait dit que normalement elle ne travaillait que sous contrat, mais que pour améliorer les fins de mois car la plus grosse partie de ses gains remboursait son voyage depuis la Russie, elle ne rechignait pas à démarcher les clients. Il y avait une différence. Revenant vers Marronnier, qui était dans ses petits souliers, il apprit que cette entorse au règlement risquait de mettre à bas l'organisation. De gros intérêts étaient en jeu. Dans l'esprit d'Arslan, de gros intérêts équivalaient à de grosses sommes d'argent. Et de l'argent, il n'en avait pas, ou si peu. C'est ainsi qu'il ferma les yeux en échange d'une enveloppe rembourrée. Depuis trois ans, chaque mois, une enveloppe lui était remise en contrepartie de son silence. Il prenait garde à ne pas flamber, sachant que mener un train de vie en inéquation avec son salaire de brigadier-chef pourrait lui valoir des interrogations, ou pour le moins de la suspicion. Il se permettait quelques folies lorsqu'il partait en vacances, affirmant aux copains avoir réservé un mobile-home dans un camping quand il descendait dans un hôtel quatre étoiles, déjeunant ou dînant dans des restaurants étoilés.

Jeudi de la semaine dernière, il n'était pas concerné par les interpellations de la DIPJ de Lyon, mais le nom Nemdori ayant été prononcé en sa présence, soit le nom de jeune fille de l'épouse Marronnier qu'il avait rencontré en certaines occasions, il avait pigé que le réseau était sur le point d'être démasqué.

Il avait prévenu Christophe Marronnier, qui lui-même avait tout de suite averti Martina Nemdori et Anatoli Bouljikov. Ceux-ci avaient décidé de quitter Lyon au plus vite, et de venir se réfugier en Bretagne. Arslan avait conseillé de ne pas prendre l'avion ou le train, pour ne pas être repérés, et avait préconisé le vol d'une voiture pour que la Mercedes du couple ne soit pas identifiée par la caméra d'un péage d'autoroute, par exemple. Bouljikov s'était engouffré dans une voiture dont le moteur tournait alors que son propriétaire discutait sur un trottoir. Il avait ensuite suffi de la cacher dans un parking, et le soir, vers 23 heures, Anatoli et Martina avaient quitté Lyon chacun au volant d'une voiture. Ils s'étaient rendus dans un endroit discret, et avaient mis le feu à la Mercedes. Puis ils avaient roulé vers le Finistère, vers Brest.

*

Le lendemain matin, nous sommes revenus à Brest terminer le travail sur le terrain, avant la partie administrative qui accaparerait beaucoup de notre temps. Nous avons perquisitionné le domicile principal des Marronnier, découvrant de faux papiers au nom de Julie Person. C'était donc Oustina qui tous les mois allait à l'agence de la rue de Siam déposer de l'argent pour régler les loyers des meublés de Brest, Douarnenez, et Quimper. Nous avons ensuite poursuivi les perquisitions des appartements, propriétés des Marronnier. En fin de compte, dix étaient loués à des familles ou des étudiants, un seul abritait une prostituée russe. Convoyée par Solène et Suzy, elle est allée agrandir le cercle de ses compatriotes au centre d'accueil pour femmes. Dans quelques jours ou semaines, toutes seront expulsées de France. Qu'elles aient commis un délit, en l'occurrence celui de prostitution, constitue une raison majeure et suffisante pour qu'elles soient indésirables dans l'Hexagone. Une seule restera sur notre sol, ou plus exactement dans notre sol. Le corps de Diana Ramirik repose dans un cimetière brestois.

L'examen des deux ordinateurs portables découverts lors de la fouille du Crossover et du Coupé Audi se révéla riche en enseignements. Un fichier contenait les coordonnées complètes des membres influents de l'intégralité du réseau, dont après examen il s'avéra que les numéros de téléphone figuraient bien sur les relevés que l'opérateur nous avait transmis dès le début de la mise sous écoute. Le mercredi suivant, à 6 heures du matin, l'heure légale d'intervention, une opération d'envergure fut menée simultanément dans plusieurs villes du Grand Ouest et à Lyon, où le capitaine Olivier Dubrac et ses hommes de la DIPJ intervinrent également. Partout, d'autres filles furent libérées, qui connaîtraient le même sort que celles repérées dans le Finistère. Quant aux responsables, qui occupaient la même fonction que

Vladimir Korovak et les époux Marronnier, ils connaîtraient dans plusieurs mois ou années la durée de leur séjour dans une geôle française.

Ce même jeudi, je reçus la réponse d'Interpol. Boris Ouklov était connu des autorités de son pays d'origine et avait déjà effectué un passage en prison. Martina Nemdori, pour sa part, était jusqu'ici blanche comme neige. En retour, pour parachever notre action, je me fendis d'un long courrier dans lequel j'expliquais ce que fut notre action. Je concluais en soulignant l'implication de Boris Ouklov, qui, à Novossibirsk, était chargé de recruter de belles et jeunes femmes. Leur faisant miroiter un emploi de barmaid ou dans la restauration, il envoyait ces pauvres femmes satisfaire l'appétit sexuel de messieurs bien sous tous… rapports. Pour ce qui était justement de ces messieurs, deux avaient été pris sur le fait, l'un à Quimper, l'autre à Morlaix. Eux aussi, auraient à rendre compte devant la justice. Selon leur situation familiale, ça risquait de mettre un beau bazar.

Le vendredi, après la journée de travail consacrée à la paperasse, nous avions convenu de boire un verre pour célébrer symboliquement la réussite de cette affaire. Barbara Grosko, ravie d'être conviée, ne se fit pas prier pour être des nôtres, et Solène Bourbigot fit le trajet depuis Brest pour nous rejoindre. Émaillée de plaisanteries pas toujours de bon goût, car situées en dessous de la ceinture mais nous étions entre adultes, l'exclusivité de la conversation tourna autour de deux axes : d'abord le point de départ, une incroyable erreur de Korovak qui ne put refréner sa kleptomanie alors qu'il avait en poche plus d'argent qu'il n'en fallait. Cette boulette avait suffi pour que nous nous intéressions au florissant trafic mis en place depuis des années, en témoigne le patrimoine des époux Marronnier. Nous abordâmes ensuite la vie des victimes. Elles étaient venues confiantes vers l'Ouest, vers ce qu'elles croyaient l'Eldorado, la Terre promise, et avaient encaissé une immense déception en découvrant ce qui les attendait.

FIN

125, Vieille Route de Rosporden - 29000 Quimper
E-mail : contact@editionsalainbargain.fr
Site Internet : www.editionsalainbargain.fr

ÉDITEURS DE BRETAGNE

Dépôt légal n°6 - 1er trimestre 2019
ISBN 978-2-35550-261-3 - ISSN 1281-7813
N° d'impression : 901366
Imprimé en France